A Mão

E

A Luva

POR

MACHADO DE ASSIS

RIO DE JANEIRO
H. GARNIER, LIVREIRO-EDITOR
71, RUA DO OUVIDOR, 71

—

1907

todavia \C ItaúCultural

Machado de Assis

~~~~~~

A mão e a luva

Organização e apresentação
Hélio de Seixas Guimarães

~~~~~~~~~~~~~~~~~~~~~~~~
Todos os livros de Machado de Assis

7.

Apresentação

17.

Sobre esta edição

21.

~~~~~~ A mão e a luva ~~~~~~

169.

Notas sobre o texto

171.

Sugestões de leitura

173.

Índice de capítulos

Apresentação

Hélio de Seixas Guimarães

A mão e a luva é o décimo livro e o segundo romance publicado por Machado de Assis, apenas dois anos depois da estreia nesse gênero com *Ressurreição*. É seu primeiro romance lançado em folhetim, tendo saído em vinte partes no jornal oitocentista *O Globo*, entre setembro e novembro de 1874. Já em dezembro aparecia em livro, como parte da Biblioteca do Globo, aproveitando a composição tipográfica do jornal, como era costume na época.

Machado de Assis vinha de uma sucessão de lançamentos e estreias: *Contos fluminenses* (1870), primeiro livro de contos; *Ressurreição* (1872), primeiro romance; e *Histórias da meia-noite* (1873), outra coletânea de contos selecionados da sua imensa produção para o *Jornal das Famílias*, que durou de 1863 a 1878. A essa altura, era um escritor bastante conhecido e prestigiado, agora produzindo em todos os gêneros aos quais se dedicaria ao longo de sua carreira literária: poesia, teatro, crítica, crônica, conto e romance. Indicativo do grande prestígio de que já gozava por essa época está no fato de, em janeiro de 1873, ter tido sua imagem estampada na primeira página do *Arquivo Contemporâneo: Periódico Ilustrado*, lado a lado com a de José de Alencar, então o patriarca das letras nacionais.

Em 1874, Alencar publicou *Ubirajara*, seu último romance indianista, voltado para o passado remoto, anterior à conquista e à colonização, quando o território era habitado por indígenas caracterizados como puros. No mesmo ano, com *A mão e a luva*, Machado de Assis reafirmava o caminho divergente em relação a seu mestre e à maioria dos contemporâneos brasileiros. A história, ambientada no Rio de Janeiro, volta-se para a construção de personagens e a análise dos comportamentos, neste caso marcados pela ambição e pelo desejo de ascensão social.

Na vida pessoal, Machado e Carolina vinham de uma terceira mudança de endereço desde seu casamento, em 1869. Logo depois de casados, foram morar na rua dos Andradas; em 1873, mudaram-se para a rua Santa Luzia; e em 1874 instalaram-se num segundo andar da rua da Lapa, n. 96, no Rio de Janeiro. As mudanças de endereço acompanhavam a ascensão de Machado no serviço público, ao qual se dedicaria até o final da vida, em paralelo à carreira literária. No início de 1874, tomou posse como primeiro oficial da Secretaria de Estado do Ministério da Agricultura, Comércio e Obras Públicas. Nessa repartição, fez a carreira que lhe garantiu boa posição na administração pública e estabilidade financeira.

Não há registros do processo de composição de *A mão e a luva*, mas a advertência que acompanha a primeira edição dá uma pista:

> Esta novela, sujeita às urgências da publicação diária, saiu das mãos do autor capítulo a capítulo, sendo natural que a narração e o estilo padecessem com esse método de composição, um pouco fora dos hábitos do autor.

O escritor sugere ter composto o romance capítulo a capítulo, em função das entregas para o jornal. Modesto, diz que se tivesse escrito o livro em outras condições teria lhe dado "desenvolvimento maior, e algum colorido mais aos caracteres, que aí ficam esboçados". Entretanto, a leitura indica certo planejamento, sugerido desde o título, cujo sentido pleno se explicita apenas nas linhas finais do romance. As personagens, por sua vez, ultrapassam os traços rápidos de um mero esboço, especialmente a protagonista, Guiomar, que se define como senhora de sua vontade, altiva, caprichosa e de coração exigente.

Como em *Ressurreição*, o leitor tem diante de si uma história baseada na intriga amorosa. Também aqui são quatro os principais envolvidos na ciranda dos afetos: o pobre e sentimental Estêvão, que trazia sobre o nariz "os óculos cor-de-rosa de suas virginais ilusões"; o bem-nascido e insosso Jorge, cujos olhos "seriam mais belos, se ele não os movesse com afetação, às vezes feminina"; o rico e ambicioso Luís Alves, que "via bem com os olhos da cara"; e Guiomar, que terá de decidir entre os três pretendentes à sua mão, baseada no seu "grande tino e sagacidade naturais".

O foco agora recai sobre uma personagem feminina, a primeira da galeria de moças pobres que buscam um lugar confortável no interior das famílias de posses do Segundo Reinado e protagonizarão também *Helena* e *Iaiá Garcia*. Em *A mão e a luva*, a personagem, órfã de pai aos sete anos, e de mãe aos treze, foi educada num colégio do Rio de Janeiro. De lá saiu por intervenção de uma madrinha rica, que a acolherá em sua casa, transferindo-lhe o afeto que tinha pela filha que morrera repentinamente.

No ambiente senhorial da chácara da baronesa, Guiomar terá o desafio de fazer valer sua vontade diante de duas figuras poderosas: a madrinha, que tem título de baronesa, e a governanta da casa, a inglesa Mrs. Oswald, misto de criada e agregada. As duas mulheres mais velhas estão empenhadas no casamento da jovem com Jorge, sobrinho da baronesa. Guiomar, entretanto, sente mais afinidade e pressente mais vantagens na união com Luís Alves. Grande parte do interesse do romance deve-se ao modo como Machado mostra a capacidade de cálculo e dissimulação da protagonista, instrumentos fundamentais para se afirmar em terreno adverso. Em relação ao romance anterior, o escritor explora mais explicitamente as diferenças sociais e aprofunda a sondagem dos impactos que elas têm sobre os comportamentos das personagens.

A ação principal se passa no que hoje se conhece como Zona Sul do Rio de Janeiro, no bairro de Botafogo, onde vive Luís Alves e está localizada a chácara da baronesa. A história se desenrola no início da década de 1850, como fica dito na cena do encontro entre dois dos pretendentes à mão de Guiomar:

> Estêvão meteu a mão nos cabelos com um gesto de angústia; Luís Alves sacudiu a cabeça e sorriu. Achavam-se os dous no corredor da casa de Luís Alves, à rua da Constituição, — que então se chamava dos Ciganos; — então, isto é, em 1853, uma bagatela de vinte anos que lá vão, levando talvez consigo as ilusões do leitor, e deixando-lhe em

troca (usurários!) uma triste, crua e desconsolada experiência. (capítulo I, p. 27)

Assim como no romance anterior, *Ressurreição*, o narrador de *A mão e a luva* não parece ter participado diretamente dos acontecimentos, narrados aqui com uma distância de vinte anos, o que lhe dá certa isenção e também certa desilusão, que no trecho anterior ele atribui ao leitor.

Por meio principalmente do comportamento de Estêvão, desenhado como excessivamente romântico, e que a cada frustração amorosa pensa em suicídio, e de Jorge, uma espécie de burguês entediado, o romance critica o artificialismo das narrativas românticas e tece um elogio sutil à capacidade de Guiomar e de Luís Alves de encararem com objetividade as questões materiais.

Entre alusões à Bíblia, a Dante e a Shakespeare, e citações a várias óperas e espetáculos teatrais, a referência a *Os sofrimentos do jovem Werther*, já no primeiro capítulo, indicia a postura derrisória do romance em relação ao sentimentalismo. Ali encontramos Estêvão desesperado por uma desilusão amorosa, aflição que só cresce depois de ler meia dúzia de linhas do célebre livro de Goethe. Mas, ainda no primeiro capítulo, quando se retira do Rio de Janeiro para estudar direito em São Paulo, sabemos que Estêvão "foi daqui com os olhos enxutos, distraindo-se dos tédios da viagem com alguma pilhéria de rapaz, — rapaz outra vez, como dantes" (p. 35).

Assim, o tema da ambição por status e dinheiro, tão presente no conjunto dos romances machadianos, mas que estivera praticamente ausente de *Ressurreição*, tem sua estreia triunfal em *A mão e a luva*. A esse respeito, a descrição de Guiomar não deixa dúvidas:

> Ela vivia do presente e do futuro e, — tamanho era o seu futuro, quero dizer as ambições que lho enchiam, — tamanho, que bastava a ocupar-lhe o pensamento, ainda que o presente nada mais lhe dera. Do passado nada queria saber; provavelmente havia-o esquecido. (capítulo IX, p. 87)

Ao contrário dos livros anteriores, que tiveram certa repercussão na imprensa, por meio de artigos e resenhas, a recepção de *A mão e a luva* foi bastante modesta, tendo sido assunto de dois breves artigos. O primeiro, publicado anonimamente ainda em dezembro de 1874, fazia elogios vagos ao "tão bem encadeado enredo" e ao "estilo tão natural que às vezes faz duvidar que nisto justamente está a graça, a dificuldade e o primor da linguagem".[1] O segundo, publicado em Nova York no periódico *O Novo Mundo* e assinado pelo cônego Fernandes Pinheiro sob o pseudônimo de Araucarius, é muito elogioso à forma, mas bastante crítico à substância:

---

1. Sem assinatura, "*A mão e a luva* — Por Machado de Assis". *Semana Ilustrada*, Rio de Janeiro, n. 731, 13 dez. 1874, apud Hélio de Seixas Guimarães, *Os leitores de Machado de Assis: O romance machadiano e o público de literatura no século 19*. 2. ed. São Paulo: Edusp; Nankin, 2012, p. 291.

Fracos são os caracteres, a urdidura despida de interesse comovente, a ação fria, e o desfecho intuitivo desde o primeiro ato. Resgatam tais defeitos (se assim se podem denominar) a formosura das descrições que moldurma o quadro. Pelo que respeita à moralidade pertence à classe dos que como os de Thackeray podem os pais darem às suas filhas sem prévia leitura.[2]

Apesar da pouca atenção dada pela crítica, *A mão e a luva* representava mais uma etapa da perda das ilusões, que marca as personagens machadianas e o próprio escritor. Por essa altura, Machado de Assis estava às voltas com os limites que as idealizações do nacionalismo romântico impuseram à produção literária no Brasil. O diagnóstico da situação e a proposta de superar as restrições aparecem no ensaio "Notícia da atual literatura brasileira: Instinto de nacionalidade", que havia sido publicado em março de 1873 no periódico *O Novo Mundo*. Com este romance, o escritor aproximava-se daquele dia em que "ou por irreverência do espírito, ou por não ter mais nada que fazer" pegou de um quebra-nozes e começou a ver o que havia nas ideias prontas e definitivas que trazia consigo na mala e nas algibeiras: "Em algumas, quando não achei nada, achei um bicho feio e visguento".[3]

2. Araucarius (pseudônimo do cônego Fernandes Pinheiro), [Sem título]. *O Novo Mundo*, Nova York, p. 127, 22 fev. 1875, apud Hélio de Seixas Guimarães, op. cit., p. 292.
3. Machado de Assis, "Balas de estalo". *Gazeta de Notícias*, Rio de Janeiro, 3 abr. 1885.

A *mão e a luva* teve uma segunda edição em vida do autor, na qual incluiu a "Advertência de 1907". Nela, o escritor já no fim de sua trajetória reflete sobre o romance escrito havia mais de três décadas: "Se este [o autor] não lhe daria agora a mesma feição, é certo que lha deu outrora, e, ao cabo, tudo pode servir a definir a mesma pessoa".

Referências bibliográficas

ASSIS, Machado de. "Notícia da atual literatura brasileira: Instinto de nacionalidade". *O Novo Mundo*, Nova York, n. 30, v. III, pp. 107-8, 24 mar. 1873. (Publicado sob o título "Literatura brasileira: Instinto de nacionalidade", no volume *Crítica*. Rio de Janeiro: Garnier, 1910).

_____. *Correspondência de Machado de Assis, tomo II: 1870-1889*. Coord. de Sergio Paulo Rouanet. Org. e comentários de Irene Moutinho e Sílvia Eleutério. Rio de Janeiro: Academia Brasileira de Letras, 2009.

BRASIL. MINISTÉRIO DA EDUCAÇÃO E SAÚDE PÚBLICA. *Exposição Machado de Assis: Centenário do nascimento de Machado de Assis: 1839-1939*. Intr. de Augusto Meyer. Rio de Janeiro: Serviço Gráfico do Ministério da Educação e Saúde, 1939.

CARVALHO, Castelar de. *Dicionário de Machado de Assis: Língua, estilo, temas*. 2. ed. rev. e atual. Rio de Janeiro: Lexikon, 2018.

GUIMARÃES, Hélio de Seixas. "*Ressurreição* e *A mão e a luva*: O questionamento do leitor romântico". In: _____. *Os leitores de Machado de Assis: O romance machadiano e o público de literatura no século 19*. 2. ed. São Paulo: Edusp; Nankin, 2012, pp. 115-34. (Sobre a recepção do romance, ver pp. 291-2).

MACHADO, Ubiratan. *Bibliografia machadiana 1959-2003*. São Paulo: Edusp, 2005.

_____. *Dicionário de Machado de Assis*. 2. ed. rev. e ampl. São Paulo: Imprensa Oficial; Rio de Janeiro: Academia Brasileira de Letras; Lisboa: Imprensa Nacional, 2021.

SOUSA, José Galante de. *Bibliografia de Machado de Assis*. Rio de Janeiro: Instituto Nacional do Livro, 1955.

sousa, José Galante de. *Fontes para o estudo de Machado de Assis*. Rio de Janeiro: Instituto Nacional do Livro, 1958.

_____. "Cronologia de Machado de Assis" [1958]. *Cadernos de Literatura Brasileira: Machado de Assis*, São Paulo, Instituto Moreira Salles, n. 23/24, pp. 10-40, jul. 2008.

Sobre esta edição

Esta edição tomou como base a segunda e última publicada em vida do autor, que saiu em 1907 no Rio de Janeiro pela H. Garnier, Livreiro-Editor e foi impressa em Paris pela Tipografia H. Garnier. Para o cotejo, foi utilizado o exemplar pertencente à coleção particular de Fernando Borsato. Também foi consultada a edição crítica das obras de Machado de Assis, organizada pela Comissão Machado de Assis (2. ed. Rio de Janeiro: Civilização Brasileira; Brasília: Instituto Nacional do Livro, 1977, v. 6).

O estabelecimento do texto orientou-se pelo princípio da máxima fidedignidade àquele tomado como base, adotando as seguintes diretrizes: a pontuação foi mantida, mesmo quando não está em conformidade com os usos atuais; a ortografia foi atualizada, registrando-se as variantes e mantendo-se as oscilações na grafia de algumas palavras; os sinais gráficos, tais como aspas, apóstrofos e travessões, foram padronizados.

Um dos intuitos desta edição é preservar o ritmo de leitura implícito na pontuação que consta em textos sobre os quais atuaram vários agentes, tais como editores, revisores e tipógrafos, mas cuja publicação foi supervisionada pelo escritor. A indicação das variantes ortográficas e a manutenção do modo de ordenação das palavras e dos grifos são importantes para caracterizar a dicção das personagens e dos narradores e constituem também registros, ainda que indiretos, dos hábitos de fala e de escrita de um tempo e lugar, o Rio de Janeiro do século XIX. Ali, imigrantes, especialmente de Portugal, conviviam com afrodescendentes — como é o caso da família de origem do escritor e também daquela que Machado de Assis constituiu com Carolina Xavier de Novais —, e as referências literárias e culturais europeias estavam muito presentes nos círculos letrados nos quais Machado de Assis se formou e que frequentou ao longo de toda a vida.

Neste volume, foram adotadas as formas mais correntes das seguintes variantes registradas no *Vocabulário ortográfico da língua portuguesa* (6. ed. Rio de Janeiro: Academia Brasileira de Letras, 2021): "accessório", "afectação", "afectado", "afectivo", "afecto", "afectuosamente", "afectuoso", "contacto", "deleixo", "excepto", "facto", "gérmen", "indescriptível", "insecto", "recto", "táctica", "trance" (na expressão "a todo o trance"), "vecejante" e "verosímil". Foi mantida a grafia de "afoutamente", "afouto", "cousa", "doudo", "dous" e "louro".

Para a identificação e atualização das variantes, também foram consultados o *Índice do vocabulário de Machado de Assis*, publicação digital da Academia Brasileira de Letras, e o *Vocabulário onomástico da língua portuguesa* (Rio de Janeiro: Academia Brasileira de Letras, 1999). Os *Vocabulários* e o *Índice* são as obras de referência para a ortografia adotada nesta edição.

Alguns usos peculiares do autor e da época foram respeitados, como a flexão do advérbio "meio". A forma "vás", quando equivalente a "vais", foi substituída.

Os destaques do texto de base, com itálico ou aspas, foram mantidos. As palavras em língua estrangeira que aparecem sem qualquer destaque foram atualizadas. Nos casos em que as obras de referência são omissas, manteve-se a grafia da edição de base.

Os sinais gráficos foram padronizados da seguinte forma: aspas (" "), apóstrofos ('), reticências (...) e travessões (—). O uso de espaçamentos, recuo e aspas na transcrição de bilhetes e cartas foi padronizado, bem como a pontuação após citações e falas entre aspas antecedidas de dois-pontos.

A abreviatura adotada para "vossa excelência" foi "V. Exa.".

As intervenções no texto que não seguem os princípios indicados anteriormente, que não se devem a erros evidentes de composição tipográfica ou, nos casos duvidosos, não acompanham a solução da edição crítica, vêm indicadas por notas de fim, chamadas por letras.

As notas de rodapé, chamadas por números, visam elucidar o significado de palavras ou referências não facilmente encontráveis nos bons dicionários da língua ou por meio de ferramentas eletrônicas de busca e trazer traduções de citações em língua estrangeira. Por vezes, elas abordam também o contexto a que se referem os escritos. As deste volume foram elaboradas por Hélio de Seixas Guimarães [HG], Luciana Antonini Schoeps [LS] e Paulo Dutra [PD].

O organizador agradece a Marta de Senna pela leitura da apresentação e pelas sugestões.

Machado de Assis

~~~~~~

A mão e a luva

Advertência de 1907

Os trinta e tantos anos decorridos do aparecimento desta novela à reimpressão que ora se faz parece que explicam as diferenças de composição e de maneira do autor. Se este não lhe daria agora a mesma feição, é certo que lha deu outrora, e, ao cabo, tudo pode servir a definir a mesma pessoa.

Não existia, há muito, no mercado. O autor aceitou o conselho de confiar a reimpressão ao editor dos outros livros seus.[1] Não lhe alterou nada; apenas emendou erros tipográficos, fez correções de ortografia, e eliminou cerca de quinze linhas. Vai como saiu em 1874.

M. DE A.

---

1. O editor François-Hippolyte Garnier havia comprado em janeiro de 1899 a propriedade literária de várias obras do autor, entre elas *A mão e a luva*. [LS]

Advertência de 1874

Esta novela, sujeita às urgências da publicação diária, saiu das mãos do autor capítulo a capítulo, sendo natural que a narração e o estilo padecessem com esse método de composição, um pouco fora dos hábitos do autor. Se a escrevera em outras condições, dera-lhe desenvolvimento maior, e algum colorido mais aos caracteres, que aí ficam esboçados. Convém dizer que o desenho de tais caracteres, — o de Guiomar, sobretudo, — foi o meu objeto principal, se não exclusivo, servindo-me a ação apenas de tela em que lancei os contornos dos perfis. Incompletos embora, terão eles saído naturais e verdadeiros?

Mas talvez estou eu a dar proporções muito graves a uma cousa de tão pequeno tomo. O que aí vai são umas poucas páginas que o leitor esgotará de um trago, se elas lhe aguçarem a curiosidade, ou se lhe sobrar alguma hora que absolutamente não possa empregar em outra cousa, — mais bela ou mais útil.

Novembro de 1874   M. DE A.

I.
O fim da carta

— Mas que pretendes fazer agora?

— Morrer.

— Morrer? Que ideia! Deixa-te disso, Estêvão. Não se morre por tão pouco...

— Morre-se. Quem não padece estas dores não as pode avaliar. O golpe foi profundo, e o meu coração é pusilânime; por mais aborrecível que pareça a ideia da morte, pior, muito pior do que ela, é a de viver. Ah! tu não sabes o que isto é?

— Sei: um namoro gorado...

— Luís!

— ... E se em cada caso de namoro gorado morresse um homem, tinha já diminuído muito o gênero humano, e Malthus perderia o latim. Anda, sobe.

Estêvão meteu a mão nos cabelos com um gesto de angústia; Luís Alves sacudiu a cabeça e sorriu. Achavam-se os dous no corredor da casa de Luís Alves, à rua da Constituição, — que então se chamava dos Ciganos; — então, isto é, em 1853, uma bagatela de vinte anos que lá vão, levando talvez consigo as ilusões do lcitor, e deixando-lhe em troca (usurários!) uma triste, crua e desconsolada experiência.

Eram nove horas da noite; Luís Alves recolhia-se para casa, justamente na ocasião em que Estêvão o ia procurar; encontraram-se à porta. Ali mesmo lhe confiou Estêvão tudo o que havia, e que o leitor saberá daqui a pouco, caso não aborreça estas histórias de amor, velhas como Adão, e eternas como o céu. Os dous amigos demoraram-se ainda algum tempo no corredor, um a insistir com o outro para que subisse, o outro a teimar que queria ir morrer, tão tenazes ambos, que não haveria meio de os vencer, se a Luís não ocorresse uma transação.

— Pois sim, disse ele, convenho em que deves morrer, mas há de ser amanhã. Cede da tua parte, e vem passar a noite comigo. Nestas últimas horas que tens de viver na terra dar-me-ás uma lição de amor, que eu te pagarei com outra de filosofia.

Dizendo isto, Luís Alves travou do braço de Estêvão, que não resistiu dessa vez, ou porque a ideia da morte não se lhe houvesse entranhado deveras no cérebro, ou porque cedesse ao doloroso gosto de falar da mulher amada, ou, o que é mais provável, por esses dous motivos juntos. Vamos nós com eles, escada acima, até a sala de visitas, onde Luís foi beijar a mão de sua mãe.

— Mamãe, disse ele, há de fazer-me o favor de mandar o chá ao meu quarto; o Estêvão passa a noite comigo.

Estêvão murmurou algumas palavras, a que tentou dar um ar de gracejo, mas que eram fúnebres como um cipreste. Luís viu-lhe então, à luz das estearinas, alguma vermelhidão nos olhos, e adivinhou, — não era difícil, — que houvesse chorado. Pobre rapaz! suspirou ele mentalmente. Dali foram os dous para o quarto, que era uma vasta sala, com três camas, cadeiras de todos os feitios, duas estantes com livros e uma secretária, — vindo a ser ao mesmo tempo, alcova e gabinete de estudo.

O chá subiu daí a pouco.[2] Estêvão, a muito rogo do hóspede, bebeu dous goles; acendeu um cigarro e entrou a passear ao longo do aposento, enquanto Luís Alves, preferindo um charuto e um sofá, acendeu o primeiro e estirou-se no segundo, cruzando beatificamente as mãos sobre o ventre e contemplando o bico das chinelas, com aquela placidez de um homem a quem se não gorou nenhum namoro. O silêncio não era completo; ouvia-se o rodar de carros que passavam fora; no aposento, porém, o único rumor era dos botins de Estêvão na palhinha do chão.

Cursavam estes dous moços a academia de S. Paulo, estando Luís Alves^ no quarto ano e Estêvão no terceiro. Conheceram-se na academia, e ficaram amigos íntimos, tanto quanto podiam sê-lo dous espíritos diferentes, ou talvez por isso mesmo que o eram. Estêvão, dotado de extrema sensibilidade, e não menor fraqueza de ânimo, afetuoso e bom, não daquela bondade varonil, que é apanágio de uma alma forte, mas dessa outra bondade mole e de cera, que vai à mercê de todas as circunstâncias, tinha, além de tudo isso, o infortúnio de trazer ainda sobre o nariz os óculos cor--de-rosa de suas virginais ilusões. Luís Alves via bem com os olhos da cara. Não era mau rapaz, mas tinha o seu grão de egoísmo, e se não era incapaz de afeições, sabia regê-las, moderá-las, e sobretudo guiá-las ao seu

---

2. O autor opta por uma construção impessoal: "o chá subiu daí a pouco". No próximo capítulo, o "escravo" traz uma xícara de café. Neste romance também aparecem os termos "lacaio" e "serva", este fazendo alusão explícita a um papel social que não é ocupado por uma pessoa escravizada. [PD]

próprio interesse. Entre estes dous homens travara-se amizade íntima, nascida para um na simpatia, para outro no costume. Eram eles os naturais confidentes um do outro, com a diferença que Luís Alves dava menos do que recebia, e, ainda assim, nem tudo o que dava exprimia grande confiança.

Estêvão referira ao amigo, desde tempos, toda a história do amor, agora malogrado, suas esperanças, desalentos e glórias, e, enfim, o inesperado desfecho. O pobre rapaz, que folheava o capítulo mais delicioso do romance — no sentir dele — caiu de toda a altura das ilusões na mais dura, prosaica e miserável realidade.

A namorada de Estêvão, — é tempo de dizer alguma cousa dela, — era uma moça de 17 anos, e, por ora, simples aluna-professora no colégio de uma tia do nosso estudante, à rua dos Inválidos. Estêvão tinha-a visto, pela primeira vez, seis meses antes, e desde logo sentiu-se preso por ela, "até à morte", disse ele ao amigo, referindo-lhe o encontro, o que o fez sorrir de tão estirado prazo. Qualquer que ele fosse, porém, o prazo fatal daquele cativeiro, a verdade é que Estêvão no mesmo ponto em que a viu logo a amou, como se ama pela primeira vez na vida — amor um pouco estouvado e cego, mas sincero e puro. Amava-o ela? Estêvão dizia que sim, e devia crê-lo; alguns olhares ternos, meia dúzia de apertos de mão significativos, embora a largos intervalos, davam a entender que o coração de Guiomar — chamava-se Guiomar — não era surdo à paixão do acadêmico. Mas, fora disso, nada mais, ou pouco mais.

O pouco mais foi uma flor, não colhida do pé em toda a original frescura, mas já murcha e sem cheiro, e não dada, senão pedida.

— Faz-me um favor? disse um dia Estêvão apontando para a flor que ela trazia nos cabelos; esta flor está murcha, e, naturalmente, vai deitá-la fora ao despentear-se; eu desejava que ma desse.

Guiomar, sorrindo, tirou a flor do cabelo, e deu-lha; Estêvão recebeu-a com igual contentamento ao que teria se lhe antecipassem o seu quinhão do céu. Além da flor, e para suprir as cartas, que não havia, nada mais obtivera Estêvão durante aqueles seis compridos meses, a não serem os tais olhares, que afinal são olhares, e vão-se com os olhos donde vieram. Era aquilo amor, capricho, passatempo ou que outra cousa era?

Naquela tarde, a tarde fatal, estando ambos a sós, o que era raro e difícil, disse-lhe ele que em breve ia voltar para S. Paulo, levando consigo a imagem dela, e pedindo-lhe em câmbio, que uma vez ao menos lhe escrevesse. Guiomar franziu a testa e fitou nele o seu magnífico par de olhos castanhos, com tanta irritação e dignidade, que o pobre rapaz ficou atônito e perplexo. Imagina-se a angústia dele diante do silêncio que reinou entre ambos por alguns segundos; o que se não imagina é a dor que o prostrou, — a dor e o espanto, — quando ela, erguendo-se da cadeira em que estava, lhe respondeu, saindo:

— Esqueça-se disso.

— Pois quanto a mim, — disse Luís Alves ouvindo pela terceira vez a narração de tão cru desenlace; quanto a mim, obedecia-lhe pontualmente; esquecia-me disso e ia curar-me em cima dos compêndios; direito romano e filosofia, não conheço remédio melhor para tais achaques.

Estêvão não ouvia as palavras do amigo; estava então assentado na cama, com os cotovelos fincados nas pernas, e a cabeça metida nas mãos, parecendo que chorava. A princípio chorou em silêncio; mas não tardou que Luís Alves o visse deitar-se na cama, estorcer-se convulsivamente, a soluçar, a abafar quanto podia os gritos que lhe saíam do peito, a puxar os cabelos, a pedir a morte, tudo entremeado com o nome de Guiomar, tão d'alma tudo aquilo, tão lastimosamente natural, que enfim o comoveu, e não houve remédio senão dizer-lhe algumas palavras de conforto. A consolação veio a tempo; a dor, chegada ao paroxismo, declinou pouco a pouco, e as lágrimas estancaram, ao menos por algum tempo.

— Sei que tudo isto há de parecer-te ridículo, disse Estêvão sentando-se na cama; mas que queres tu? Eu vivia na persuasão de que era amado, e era-o talvez. Por isso mesmo não entendo o que se passou hoje. Ou o que eu supunha ser amor, não passava talvez de passatempo ou zombaria...

— Talvez, talvez, interrompeu Luís Alves, compreendendo que o melhor meio de o curar do amor era meter-lhe em brios o amor-próprio.

Estêvão ficou alguns instantes pensativo.

— Não, não é possível, contestou ele. Tu não a conheces. É uma grave e nobre criatura, incapaz de conceber um sentimento desses, que seria vulgar ou cruel.

— As mulheres...

— Já pensei se aquilo de hoje não seria uma maneira de experimentar-me, de ver até que ponto eu lhe queria... Escusas de rir-te, Luís; eu nada afirmo; digo que pode ser. Não admira que ela fizesse esse cálculo, — um bom cálculo, nesse caso, todo filho do coração...

A imaginação de Estêvão desceu por este declívio de floridas conjecturas, e Luís Alves entendeu que era de bom aviso não espantar-lhe os cavalos. Ela foi, foi, foi por ali abaixo, rédea frouxa e riso nos lábios. Boa viagem! exclamou mentalmente o colega voltando a estirar-se no sofá. A viagem não foi longa, mas produziu efeito salutar no ânimo do namorado, adoçando-lhe as penas, circunstância que Luís Alves aproveitou para lhe falar de cem cousas alheias ao coração e diverti-lo do pensamento que o absorvia. Conseguiu o seu intento durante meia hora, e conseguiu mais, porque fez com que o colega risse, a princípio de um riso amargo e dúbio, depois de um riso jovial e franco incompatível com intuitos trágicos. Mas, ai triste! a dor dele era uma espécie de tosse moral, que aplacava e reaparecia, intensa às vezes, às vezes mais fraca, mas sempre infalível. O rapaz acertara de abrir uma página de *Werther*; leu meia dúzia de linhas, e o acesso voltou mais forte que nunca.

Luís Alves acudiu-lhe com as pastilhas da consolação; o acesso passou; nova palestra, novo riso, novo desespero, e assim se foram escoando as horas da noite, que o relógio da sala de jantar batia seca e regularmente, como a lembrar aos dous amigos que as nossas paixões não aceleram nem moderam o passo do tempo.

A aurora para os dous acadêmicos coincidiu com as badaladas do meio-dia, o que não admira, pois só adormeceram quando ela começava a apagar as estrelas. Estêvão passou a noite, — a manhã, quero dizer, — muito sossegado e livre de sonhos maus. Quando abriu os olhos estranhou o aposento e os objetos que o rodeavam. Logo que os reconheceu, despertou-se-lhe, com a memória, o coração, onde já não havia aquela dor aguda da véspera. Os sucessos, embora recentes, começavam a envolver-se na sombra crepuscular do passado.

A natureza tem suas leis imperiosas; e o homem, ser complexo, vive não só do que ama, mas também (força é dizê-lo) do que come. Sirva isto de escusa ao nosso estudante, que almoçou nesse dia, como nos anteriores, bastando dizer em seu abono que, se o não fez com lágrimas, também o não fez alegre. Mas o certo é que a tempestade serenara; o que havia era uma ressaca, ainda forte, mas que diminuiria com o tempo. Luís Alves evitou falar-lhe de Guiomar; Estêvão foi o primeiro a recordar-se dela.

— Dá tempo ao tempo, respondeu Luís Alves, e ainda te hás de rir dos teus planos de ontem. Sobretudo, agradece ao destino o haveres escapado tão depressa. E queres um conselho?

— Dize.

— O amor é uma carta, mais ou menos longa, escrita em papel velino, corte-dourado, muito cheiroso e catita; carta de parabéns quando se lê, carta de pêsames quando se acabou de ler. Tu que chegaste ao fim, põe a epístola no fundo da gaveta, e não te lembres de ir ver se ela tem um "post-scriptum"...

Estêvão aplaudiu a metáfora com um sorriso de bom agouro.

Duas vezes viu ele a formosa Guiomar, antes de seguir para S. Paulo. Da primeira sentiu-se ainda abalado, porque a ferida não cicatrizara de todo; da segunda, pôde encará-la sem perturbação. Era melhor, — mais romântico pelo menos, que eu o pusesse a caminho da academia, com o desespero no coração, lavado em lágrimas, ou a bebê-las em silêncio, como lhe pedia a sua dignidade de homem. Mas que lhe hei de eu fazer? Ele foi daqui com os olhos enxutos, distraindo-se dos tédios da viagem com alguma pilhéria de rapaz, — rapaz outra vez, como dantes.

II.

Um roupão

Um mês depois de chegar Estêvão a S. Paulo, acha-va-se a sua paixão definitivamente morta e enterrada, cantando ele mesmo um responso, a vozes alternadas, com duas ou três moças da capital, — todas elas, por passatempo. Claro é que dous anos depois, quando tomou o grau de bacharel, nenhuma ideia lhe restava do namoro da rua dos Inválidos. Demais, a bela Guiomar desde muito tempo deixara o colégio e fora morar com a madrinha. Já ele a não vira da primeira vez que veio à corte. Agora voltava graduado em ciências jurídicas e sociais, como fica dito, mais desejoso de devassar o futuro que de reler o passado.

A corte divertia-se, como sempre se divertiu, mais ou menos, e para os que transpuseram a linha dos Cinquenta divertia-se mais do que hoje, eterno reparo dos que já não dão à vida toda a flor dos seus primeiros anos. Para os varões maduros, nunca a mocidade folga como no tempo deles, o que é natural dizer, porque cada homem vê as cousas com os olhos da sua idade. Os recreios da juventude não são decerto igualmente nobres, nem igualmente frívolos, em todos os tempos; mas a culpa ou o merecimento não é dela, — a pobre juventude, — é sim do tempo que lhe cai em sorte.

A corte divertia-se, apesar dos recentes estragos do cólera —; bailava-se, cantava-se, passeava-se, ia-se ao teatro. O Cassino abria os seus salões, como os abria o Clube, como os abria o Congresso, todos três fluminenses no nome e na alma. Eram os tempos homéricos do teatro lírico, a quadra memorável daquelas lutas e rivalidades renovadas em cada semestre, talvez por um excesso de ardor e entusiasmo, que o tempo diminuiu, ou transferiu, — Deus lhe perdoe, — a cousas de menor tomo. Quem se não lembra, — ou quem não ouviu falar das batalhas feridas naquela clássica plateia do Campo da Aclamação, entre a legião casalônica e a falange chartônica, mas sobretudo entre esta e o regimento lagruísta?[3] Eram batalhas campais, com tropas frescas, — e maduras também, — apercebidas de flores, de versos, de coroas, e até de estalinhos. Uma noite a ação travou- -se entre o campo lagruísta e o campo chartonista, com tal violência, que parecia uma página da *Ilíada*. Desta vez, a Vênus da situação saiu ferida do combate; um estalo rebentara no rosto da Charton. O furor, o delírio, a confusão foram indescritíveis; o aplauso e a pateada deram-se as mãos, — e os pés. A peleja passou aos jornais. "Vergonha eterna (dizia um) aos cavalheiros que cuspiram na face de uma dama!" — "Se for mister (replicava outro) daremos os nomes dos aristarcos que no saguão do teatro juraram desfeitear Mlle. Lagrua." — "Patuleia desenfreada!" — "Fidalguice balofa!"

Os que escaparam daquelas guerras de alecrim e manjerona hão de sentir hoje, após dezoito anos, que

---

3. Menção à disputa entre os grupos de admiradores das cantoras líricas que causaram furor durante suas temporadas no Rio de Janeiro na década de 1850: a italiana Annetta Casaloni (1826-1915), a francesa Anne Arsène Charton- -Demeur (1824-92) e a italiana Emilia Lagrua (1831-?). Os jornais da época aderiram às rivalidades e publicavam textos sobre o assunto e em louvor das divas da ópera, tal como o poema "À Madame Arsène Charton Demeur", de Machado de Assis, publicado em 1856 no *Diário do Rio de Janeiro*. [LS]

despenderam excessivo entusiasmo em cousas que pediam repouso de espírito e lição de gosto.

Estêvão é uma das relíquias daquela Troia, e foi um dos mais fervorosos lagruístas, antes e depois do grau. A causa principal das suas preferências, era decerto o talento da cantora; mas a que ele costumava dar, nas horas de bom humor, que eram todas as vinte e quatro do dia, tirantes as do sono, essa causa que mais que tudo o ligava aos "arraiais do bom gosto" dizia ele, era, — imaginem lá, — era o buço de Mlle. Lagrua. Talvez não fosse ele o único amador do buço; mas outro mais férvido duvido que houvesse nesta boa cidade. Um chartonista maquiavélico, aliás escritor elegante, elevava o tal buço à categoria de bigode, compreendendo sagazmente que, se o buço era graça, o bigode era excrescência; e ele nem ao lábio da Lagrua queria perdoar.

— Oh! aquele buço! exclamava Estêvão nos intervalos de uma ópera, aquele delicioso buço há de ser a perdição da gente de bem! Quem me dera ir encaracolado por ali acima, até ficar mais próximo do céu, quero dizer dos seus olhos, e ser visto por ela, que me não descobre na turba inumerável dos seus adoradores! Querem saber uma cousa? Ali é que ela há de ter a alma, e eu quisera entreter-me com a alma dela, e dizer-lhe muita cousinha que tenho cá dentro à espera de um buço que as queira ouvir.

Estêvão era mais ou menos o mesmo homem de dous anos antes. Vinha cheirando ainda aos cueiros da Academia, meio estudante e meio doutor, aliando em si, como em idade de transição, o estouvamento de um com a dignidade do outro. As mesmas quimeras tinha, e a mesma simpleza de coração; só não as mostrara nos versos que imprimiu em jornais acadêmicos, os quais eram todos repassados do mais puro byronismo, moda muito do tempo. Neles confessava o rapaz à cidade e ao mundo a profunda incredulidade do seu espírito, e o seu fastio puramente literário. A colação de grau interrompeu, ou talvez acabou, aquela vocação poética; o último suspiro desse gênero que lhe saiu do peito foram umas sextilhas à sua *juventude perdida*. Felizmente, que só a perdeu em verso; na prosa e na realidade era rapaz como poucos.

Posto fizesse boa figura na academia, mais prezava do que amava a ciência do direito. Suas preferências intelectuais dividiam-se, ou antes abrangiam a política e a literatura, e ainda assim, a política só lhe acenava com o que podia haver literário nela. Tinha leitura de uma e outra cousa, mas leitura veloz e à flor das páginas. Estêvão não compreenderia nunca este axioma de lorde Macaulay — que mais aproveita digerir uma lauda que devorar um volume. Não digeria nada; e daí vinha o seu nenhum apego às ciências que estudara. Venceu a repugnância por amor-próprio; mas, uma vez dobrado o cabo das Tormentas disciplinares, deixou a outros o cuidado de aproar à Índia.

Suas aspirações políticas deviam naturalmente morrer em germe, não só porque lhe minguava o apoio necessário para as arvorecer e frutificar, mas ainda porque ele não tinha em si a força indispensável a todo o homem que põe a mira acima do estado em que nasceu. Eram aspirações vagas, intermitentes, vaporosas, umas visões legislativas e ministeriais, que tão depressa lhe namoravam a imaginação, como logo se esvaeciam, ao resvalar dos primeiros olhos bonitos, que esses, sim, amava-os ele deveras. Opiniões não as tinha; alguns escritos que publicara durante a quadra acadêmica eram um complexo de doutrinas de toda a casta, que lhe flutuavam no espírito, sem se fixarem nunca, indo e vindo, alçando-se ou descendo, conforme a recente leitura ou a atual disposição de espírito.

Por agora militava nas fileiras do lagruísmo, com ardor, dedicação e fidelidade de bom apóstolo. Não era abastado para pagar o luxo de uma opinião lírica; nascera pobre e não tinha parente em boa posição. Alguns poucos recursos possuía, provenientes do seu ofício de advogado, que exercia com o amigo Luís Alves.

Uma noite assistira à representação de *Otelo*, palmeando até romper as luvas, aclamando até cansar--lhe a voz, mas acabando a noite satisfeito dos seus e de si. Terminado o espetáculo, foi ele, segundo costumava, assistir à saída das senhoras, uma procissão de rendas, e sedas, e leques, e véus, e diamantes, e olhos de todas as cores e linguagens. Estêvão era pontual nessas ocasiões de espera, e raro deixava de ser o último que saía. Tinha agora os olhos pregados em outros olhos, não pardos como os dele, mas azuis, de um azul-ferrete, infelizmente uns olhos casados, quando sentiu alguém bater-lhe no ombro, e dizer-lhe baixinho estas palavras:

— Larga o pinto, que é das almas.

Estêvão voltou-se.

— Ah! és tu! disse ele vendo Luís Alves. Quando chegaste?

— Hoje mesmo, respondeu o colega; venho sequioso de música. Vassouras não tem Lagrua nem *Otelo*...

— Vieste lavar a alma da poeira do caminho, disse Estêvão, que, ainda falando em prosa, cultivava as suas metáforas poéticas. Fizeste bem; não te perdoaria se preferisses a outra, a lambisgoia, que aqui nos querem impingir por grande cousa, e que não chega aos calcanhares do buço...

Interrompeu-se. Luís Alves acabava de cumprimentar cerimoniosamente alguém que passava; Estêvão volveu a cabeça para ver quem era. Era uma moça, que ele não chegou a ver, porque já descia as escadas; mas tão elegante e gentil que os olhos lhe fuzilaram de admiração.

— Algum namoro? perguntou ao amigo.

— Não; uma vizinha.

A desfilada acabou; saíram os dous e foram dali cear a um hotel, seguindo depois para Botafogo, onde morava Luís Alves, desde que perdera a mãe, alguns meses antes.

A casa de Luís Alves ficava quase no fim da praia de Botafogo, tendo ao lado direito outra casa, muito maior e de aparência rica. A noite estava bela, como as mais belas noites daquele arrabalde. Havia luar, céu límpido, infinidade de estrelas e a vaga a bater molemente na praia, todo o material, em suma, de uma boa composição poética, em vinte estrofes pelo menos, obrigada a rima rica, com alguns esdrúxulos rebuscados nos dicionários. Estêvão poetou, mas poetou em prosa, com um entusiasmo legítimo e sincero. Luís Alves, menos propenso às cousas belas, preferia a mais útil de todas naquela ocasião, que era ir dormir. Não o conseguiu sem ouvir ao hóspede tudo quanto ele pensava acerca daquele "pinto, que era das almas", aquele olhos azuis, "profundos como o céu", exclamava Estêvão.

Afinal dormiram ambos; mas, ou fosse porque os tais olhos o perseguissem, ainda em sonhos, ou porque estranhasse a cama, ou porque o destino assim o resolvera, a verdade é que Estêvão dormiu pouco, e, cousa rara, acordou logo depois de aparecer a arraiada.

A manhã estava fresca e serena; era tudo silêncio, mal quebrado pelo bater do mar e pelo chilrear dos passarinhos nas chácaras da vizinhança. Estêvão, amuado por não poder conciliar o sono, resolvera-se a ir ver a manhã, de mais perto. Ergueu-se de manso, lavou-se, vestiu-se, e pediu que lhe levassem café ao jardim, para onde foi sobraçando um livro que acaso topou ao pé da cama.

O jardim ficava nos fundos da casa; era separado da chácara vizinha por uma cerca. Relanceando os olhos pela chácara, viu Estêvão que era plantada com esmero e arte, assaz vasta, recortada por muitas ruas curvas e duas grandes ruas retas. Uma destas começava das escadas de pedra da casa e ia até o fim da chácara; a outra ia da cerca de Luís Alves até à extremidade oposta, cortando a primeira no centro. Do lugar em que ficava Estêvão só a segunda rua podia ser vista de ponta a ponta.

Sentou-se o bacharel em um banco que ali achou, recebeu a xícara de café, que o escravo lhe trouxe daí a pouco, acendeu um charuto e abriu o livro. O livro era uma *Prática forense*. Demos-lhe razão ao despeito com que o fechou e atirou ao chão, contentando-se com o canto dos pássaros e o cheiro das flores, e a sua imaginação também, que valia as flores e os pássaros.

Deus sabe até onde iria ela, com as asas fáceis que tinha, se um incidente lhas não colhera e fizera descer à terra. Da casa vizinha saíra um roupão, — ele não viu mais que um roupão, — e seguira pela rua que enfrentava com a casa,[A] a passo lento e meditativo. Estêvão, que adorava todos os roupões, fossem ou não meditativos, deu as graças à Providência, pela boa fortuna que lhe deparava, e afiou os olhos para contemplar aquela graciosa madrugadora. Graciosa, ainda ele não sabia se o era; mas assentou que devia de ser, justamente porque desejava que o fosse.

A deliciosa paisagem ia ter enfim uma alma; o elemento humano vinha coroar a natureza.

Ergueu-se Estêvão, de toda a sua estatura elevada e gentil, para ver melhor, — e ser visto, digamos a verdade toda, — aquela desconhecida vizinha, que devia ser por força a que Luís Alves cumprimentara no teatro. Actéon cristão e modesto, não surpreendia Diana no banho, mas ao sair dele; todavia, não palpitava menos de comoção e curiosidade.

O roupão ia andando.

III.
Ao pé da cerca

A primeira cousa que Estêvão pôde descobrir é que a vizinha era moça. Via-lhe o perfil, em cada aberta que deixavam as árvores, um perfil correto e puro, como de escultura antiga. Via-lhe a face cor de leite, sobre a qual se destacava a cor escura dos cabelos, não penteados de vez, mas frouxamente atados no alto da cabeça, com aquele desleixo matinal que faz mais belas as mulheres belas. O roupão, — de musselina branca, — finamente bordado, não deixava ver toda a graça do talhe, que devia ser e era elegante, dessa elegância que nasce com a criatura ou se apura com a educação, sem nada pedir, ou pedindo pouco à tesoura da costureira. Todo o colo ia coberto até o pescoço, onde o roupão era preso por um pequeno broche de safira. Um botão, do mesmo mineral, fechava em cada pulso as mangas estreitas e lisas, que rematavam em folhos de renda.

Estêvão, da distância e na posição em que se achava, não podia ver todas estas minúcias que aqui lhes aponto, em desempenho deste meu dever de contador de histórias. O que ele viu, além do perfil, dos cabelos, e da tez branca, foi a estatura da moça, que era alta, talvez um pouco menos do que parecia com o vestido roçagante que levava. Pôde ver-lhe também um livrinho, aberto nas mãos, sobre o qual pousava os olhos, levantando-os de espaço a espaço, quando lhe era mister voltar a folha, e deixando-os cair outra vez para embeber-se na leitura.

Ia assim andando, sem cuidar que a visse alguém, tão serena e grave, como se atravessara um salão. Estêvão, que não tirava os olhos dela, mentalmente pedia ao céu a fortuna de a ter mais próxima, e ansiava por vê-la chegar à rua que lhe ficava diante. Contudo, era difícil que lhe parecesse mais formosa do que era, vista assim de perfil, a escapar por entre as árvores. O jovem bacharel, por não perder o sestro dos primeiros tempos, avocava todas as suas reminiscências literárias; a desconhecida foi sucessivamente comparada a um serafim de Klopstock, a uma fada de Shakespeare, a tudo quanto na memória dele havia mais aéreo, transparente, ideal.

Enquanto ele trabalhava o espírito nestas comparações poéticas, não descabidas, se quiserem, em tal lugar, e ao pé de tão graciosa criatura, ela seguia lentamente e chegara à encruzilhada das duas grandes ruas da chácara. Estêvão esperava que voltasse à direita, isto é, que viesse para o lado dele, mas sobretudo receava que seguisse pela mesma rua adiante e se perdesse no fundo da chácara. A moça escolheu um meio-termo, voltou à esquerda, dando as costas ao seu curioso admirador e continuando no mesmo passo vagaroso e regular.

A chácara não era em demasia grande; e por mais lento que fosse o passo da madrugadora, não gastaria ela imenso tempo em percorrer até o fim aquela porção da rua em que entrara. Mas ali, ao pé daquele coração juvenil e impaciente, cada minuto parecia, não direi um século, — seria abusar dos direitos do estilo, — mas uma hora, uma hora lhe parecia, com certeza.

A moça entretanto, chegando ao fim, parou alguns instantes, pousou a mão nas costas de um banco rústico que ali havia e enfrentava com outro, colocado na extremidade oposta. A outra mão descaíra-lhe, e os olhos também, o que magoou o seu curioso observador. Seriam saudades de alguém? Estêvão sentiu uma cousa, a que chamarei ciúme antecipado, mas que na realidade eram invejas da alheia fortuna. A inveja é um sentimento mau; mas nele, que nascera para amar, e que, além disso, tinha em si o contraste do nascimento com o instinto, um berço obscuro e umas aspirações à vida elegante, — nele a inveja era quase um sentimento desculpável.

A moça voltou e veio pela rua adiante. Enfim, disse consigo Estêvão, vou contemplá-la de mais perto. Ao mesmo tempo, receoso de que, descobrindo ali um estranho, guiasse os passos para casa, Estêvão afastou-se do lugar em que ficara, resoluto a aparecer, quando ela estivesse próxima à cerca do jardim. A moça vinha andando com o livro fechado, e os olhos ora no chão, ora nas andorinhas e camaxilras que esvoaçavam na chácara. Se trazia saudades, não se lhe podiam ler no rosto, que era quieto e pensativo, sim, mas sem a menor sombra de pena ou de tristeza.

Estêvão do lugar onde estava podia examinar-lhe as feições, sem ser visto por ela; mas foi justamente do que não cuidou, desde que lhas pôde distinguir. Valia a pena, entretanto, contemplar aqueles grandes olhos castanhos, meio velados pelas longas, finas e bastas pestanas, não maviosos nem quebrados, como ele os cuidara ver, mas de uma beleza severa, casta e fria. Valia a pena admirar como eles comunicavam a todo o rosto e a toda a figura um ar de majestade tranquila e senhora de si. Não era ela uma dessas belezas que, ao mesmo tempo, que subjugam o coração, acendem os sentidos; falava à inteligência primeiro do que ao coração, tanto a arte parecia haver colaborado com a natureza naquela criatura, meia estátua e meia mulher.

Tudo isto podia ver e considerar o nosso bacharel. A verdade, porém, é que a nenhuma destas cousas atendeu. Desde que distinguira as feições da moça, ficou como tomado de assombro, com os olhos parados, a boca entreaberta, fugindo-lhe a vida e o sangue todo para o coração.

A moça chegara à cerca; esteve de pé algum tempo, olhou em derredor e por fim sentou-se no banco que ali havia, dando as costas para o jardim de Luís Alves. Abriu novamente o livro, e continuou a leitura do ponto em que a deixara tão só consigo, tão embebida no livro que tinha diante, que não a despertou o rumor, aliás sumido, dos passos de Estêvão nas folhas secas do chão. Teria percorrido meia página, quando Estêvão, reclinando-se sobre a cerca, e procurando abafar a voz para que só chegasse aos ouvidos dela, proferiu este simples nome:

— Guiomar!

A moça soltou um grito de surpresa e de susto, e voltou-se sobressaltada para o lado donde partira a voz. Ao mesmo tempo levantara-se. A impressão que lhe produzira, e não sei se também algum ar de cólera que lhe notasse no rosto; e além de tudo, o remorso de não haver sufocado aquele grito de seu coração, fez com que Estêvão, quase no mesmo instante murmurasse em tom de súplica:

— Perdoe-me; foi uma centelha do passado que estava debaixo da cinza: apagou-se de todo.

Guiomar, — sabemos agora que era este o seu nome, — olhou séria e quieta para o seu mal-aventurado interruptor, dous longos e mortais minutos. Estêvão, confuso e vexado, tinha os olhos em terra; o coração palpitava-lhe com força, como a despedir-se da vida. A situação era em demasia aflitiva e embaraçosa para que se pudesse prolongar mais. Estêvão ia cortejá-la e despedir-se; mas a moça, com um sorriso de mais piedade que afeto, murmurou:

— Está perdoado.

Caminhou para a cerca e estendeu-lhe a mão, que ele apertou, — apertou não é bem dito, — em que ele tocou apenas, o mais cerimoniosamente que podia e devia naquela situação.

E depois ficaram a olhar um para o outro, sem se atreverem a dizer nada, nem a sair dali, a verem ambos o espectro do passado, aquele tão amargo passado para um deles. Guiomar foi a primeira que rompeu o silêncio, fazendo a Estêvão uma pergunta natural, como não podia deixar de ser naquelas circunstâncias, mas ainda assim, ou por isso mesmo, a mais acerba que ele podia ouvir:

— Há dous anos que nos não vemos, creio eu?

— Há dous anos, murmurou Estêvão abafando um suspiro.

— Já está formado, não? Lembra-me ter lido o seu nome...

— Estou formado. Sabe que era o desejo maior de minha tia...

— Não a vejo há muito tempo, interrompeu Guiomar; eu saí do colégio, logo depois que o senhor seguiu para S. Paulo. Saí a convite da baronesa, minha madrinha, que lá foi buscar-me um dia, alegando que eu já não tinha que aprender, e que me não convinha ensinar.

— Decerto, assentiu Estêvão. — Minha tia é que não deixou nem podia deixar de ensinar; acabou no ofício.

— Acabou?

— Morreu.

— Ah!

— Morreu há cerca de um ano.

— Era uma boa criatura, continuou Guiomar, depois de alguns instantes de silêncio, muito carinhosa e muito prendada. Devo-lhe o que aprendi... Está admirando esta flor?

Estêvão, apanhado em flagrante delito de admiração, não da flor mas da mão que a sustinha, — uma deliciosa mão, que devia ser por força a que se perdeu da Vênus de Milo, Estêvão balbuciou:

— Com efeito, é linda!

— Há muita flor bonita aqui na chácara. A baronesa tem imenso gosto a estas cousas, e o nosso jardineiro é homem que sabe do seu ofício.

Aquele natural acanhamento da primeira ocasião foi desaparecendo aos poucos, e a conversa veio a ser, não tão familiar, como outrora, mas em todo o caso menos fria do que a princípio estivera. Havia, contudo, uma diferença entre os dous: ele, sem embargo do desembaraço, sentia-se abalado e comovido; ela, porém, vencido o sobressalto do princípio, mostrava-se tranquila e fria, sempre polida e grave, risonha às vezes, mas de um risonho à flor do rosto, que não lhe alterava a serenidade e compostura.

O sítio e a hora eram mais próprios de um idílio, que de uma fria e descolorida prática. Um céu claro e límpido, um ar puro, o sol a coar por entre as folhas uma luz ainda frouxa e tépida, a vegetação em derredor, todo aquele reviver das cousas parecia estar pedindo uma igual aurora nas almas. Estas é que deviam falar ali a sua língua delas, amorosa e cândida, em vez da outra, cortês, elegante e rígida, que a nenhum deles desprazia, decerto, mas que era muito menos voluntária nos lábios de Estêvão.

Guiomar falava com certa graça, um pouco hirta e pausada, sem viveza, nem calor.

Estêvão, que a maior parte do tempo ficara a ouvi-la, observava entre si que as maneiras da moça não lhe eram desnaturais, ainda que podiam ser calculadas naquela situação. A Guiomar que ele conhecera e amara era o embrião da Guiomar de hoje, o esboço do painel agora perfeito; faltava-lhe outrora o colorido, mas já se lhe viam as linhas do desenho.

A conversa durou cerca de três quartos de hora, uma migalha de tempo para ele, que desejara muito mais. Mas era preciso acabar; ela foi a primeira a dizer-lho.

— O senhor fez-me perder muito tempo. Há talvez uma hora que estamos aqui a conversar. Era natural, depois de dous anos. Dous anos! Mas o que não era natural, continuou ela mudando de tom, era atrever-me a falar com um estranho neste *déshabillé* tão pouco elegante...

— Elegantíssimo, pelo contrário.

— O senhor tem sempre um cumprimento de reserva: vejo que não perdeu o tempo na academia. Vou-me embora. São horas da baronesa dar o seu passeio pela chácara.

— Será aquela senhora que ali está no alto da escada? perguntou Estêvão.

— É ela mesma, respondeu Guiomar. Está à espera que lhe vá dar o braço.

E com um gesto friamente fidalgo, estendeu a mão a Estêvão, dizendo:

— Passe bem, senhor doutor, estimei vê-lo.

Estêvão tocou-lhe levemente na mão, fina e macia, e inclinou-se respeitoso. A moça caminhou para casa. Ele acompanhou-a com os olhos, admirando a gentileza com que ela, desta vez a passo acelerado, resvalava por entre as árvores até subir as escadas da casa. Viu-a dar o braço à madrinha, descerem e seguirem vagarosamente pelo mesmo caminho por onde Guiomar seguira da primeira vez.

Estêvão ainda ficou algum tempo encostado à cerca, na esperança de que ela olhasse ou dirigisse os passos para aquele lado; ela porém, passou indiferente, como se nem da existência dele soubera. Estêvão retirou-se dali cabisbaixo e triste, batido de contrários sentimentos, cheio de uma tristeza e de uma alegria que mal se combinavam, e por cima de tudo isso o eco vago e surdo desta interrogação:

— Entro num drama ou saio de uma comédia?

IV.

Latet anguis[4]

O passeio da baronesa durou pouco mais de meia hora. O sol começava a aquecer, e apesar de ser bastante sombreada a chácara, o calor aconselhava à boa senhora que se recolhesse. Guiomar deu-lhe o braço, e ambas, seguindo pelo mesmo caminho, guiaram para casa.

— Parece muito tarde, Guiomar, disse a baronesa ao cabo de alguns segundos.

— E é, madrinha. Demorei-me hoje mais do que costumo, por causa de um encontro que tive aqui na chácara.

— Um encontro?

— Um homem.

— Algum ladrão? perguntou a madrinha parando.

— Não, senhora, respondeu Guiomar sorrindo, não era ladrão. A minha mestra de colégio... sabe que morreu?

— Quem disse isso?

— O sobrinho, o tal sujeito que encontrei aqui hoje.

— Você está zombando comigo! Um homem na chácara?

— Não era bem na chácara, mas no jardim do Dr. Luís Alves. Estava encostado à cerca; trocamos algumas palavras.

---

4. A expressão latina "*Latet anguis in herba*", que ocorre várias vezes nos escritos de Machado de Assis, pode ser traduzida como "A serpente se esconde sob a erva" e é indicativa de um perigo oculto. [HG]

A baronesa olhou para ela alguns segundos.

— Mas, menina, isso não é bonito. Que diriam se os vissem?... Eu não diria nada, porque conheço o que você vale, e sei a discrição que Deus lhe deu. — Mas as aparências... Que qualidade de homem é esse sobrinho?

Interrompeu-as uma mulher de quarenta e quatro a quarenta e cinco anos, alta e magra, cabelo entre louro e branco, olhos azuis, asseadamente vestida, a Sra. Oswald, — ou mais britanicamente, Mrs. Oswald, — dama de companhia da baronesa, desde alguns anos.[5] Mrs. Oswald conhecera a baronesa em 1846; viúva e sem família, aceitou as propostas que esta lhe fez. Era mulher inteligente e sagaz, dotada de boa índole e serviçal. Antes da ida de Guiomar para a companhia da madrinha, era Mrs. Oswald a alma da casa; a presença de Guiomar, que a baronesa amava extremosamente, alterou um pouco a situação.

— São nove horas! disse de longe a inglesa; pensei que hoje não queriam voltar para casa. O calor está forte; e a senhora baronesa sabe que não é conveniente expor-se aos ardores do sol, sobretudo neste tempo de epidemias.

---

5. Mrs. Oswald é uma entre vários serviçais estrangeiros na ficção de Machado de Assis, que incluem o criado alemão de "Linha reta e linha curva", de *Contos fluminenses* (1870), e o criado espanhol e o cozinheiro francês de Rubião, em *Quincas Borba* (1891). Note-se que, enquanto a baronesa conta com os serviços de Mrs. Oswald, Luís Alves tem um escravizado em sua casa, que lhe serve café. A presença de serviçais brancos no ambiente doméstico era vista como um fator de distinção, mais um indício do racismo, do preconceito de cor e da hipocrisia associados à escravidão. [HG/PD]

— Tem razão, Mrs. Oswald; mas Guiomar tardou hoje tanto em ir buscar-me, que o passeio começou tarde.

— Por que me não mandou chamar?

— Estava talvez a dormir, ou entretida com o seu Walter Scott...

— Milton, emendou gravemente a inglesa; esta manhã foi dedicada a Milton. Que imenso poeta, D. Guiomar!

— Tamanho como este calor, observou Guiomar sorrindo. Apertemos o passo e lá dentro a ouviremos com melhor disposição.

Foram as três andando, subiram a escada e entraram na sala de jantar, que era vasta, com seis janelas para a chácara. Dali seguiram para uma saleta, onde a baronesa sentou-se na sua poltrona, a esperar a hora do almoço. Guiomar saiu para ir cuidar da *toilette*; e a baronesa que desde alguns minutos estivera cabisbaixa e pensativa, olhou fixamente para Mrs. Oswald, sem dizer palavra.

Era ela uma senhora de cinquenta anos, refeita, vestida com esse alinho e esmero da velhice, que é um resto da elegância da mocidade. Os cabelos, cor de prata fosca, emolduravam-lhe o rosto sereno, algum tanto arrugado, não por desgostos, que os não tivera, mas pelos anos. Os olhos luziam de muita vida, e eram a parte mais juvenil do rosto.

Tendo casado cedo, coube-lhe a boa fortuna de ser igualmente feliz desde o dia do noivado até o da viuvez. A viuvez custara-lhe muito; mas já lá iam alguns anos, e da crua dor que tivera ficara-lhe agora a consolação da saudade.

— Chegue-se mais perto; preciso falar-lhe a sós, disse ela à inglesa, que se achava a alguns passos de distância.

Mrs. Oswald foi até a porta espreitar se viria alguém e voltou a sentar-se ao pé da baronesa. A baronesa estava outra vez pensativa, com as mãos cruzadas no regaço e os olhos no chão.

Estiveram as duas ali silenciosas alguns dous ou três minutos. A baronesa despertou enfim das reflexões, e voltou-se para a inglesa:

— Mrs. Oswald, disse ela, parece estar escrito que não serei completamente feliz. Nenhum sonho me falhou nunca; este, porém, não passará de sonho, e era o mais belo de minha velhice.

— Mas por que desespera? disse a inglesa. Tenha ânimo, e tudo se há de arranjar. Pela minha parte, oxalá pudesse contribuir para a completa felicidade desta família, a quem devo tantos e tamanhos benefícios.

— Benefícios!

— E que outra cousa são os seus carinhos, a proteção que me tem dado, a confiança...

— Está bom, está bom, interrompeu afetuosamente a baronesa; falemos de outra cousa.

— Dela, não é? Diz-me o coração que com alguma paciência tudo se alcançará. Todos os meios se hão de tentar; e todos eles são bons se se trata de fazer a felicidade sua e dela. Bem está o que bem acaba, disse um poeta nosso, homem de juízo.[6] Por enquanto só vejo um obstáculo: a pouca disposição...

6. Alusão ao título da peça *All's Well That Ends Well* [*Bom é o que acaba bem*, em tradução de Barbara Heliodora] (1623), de William Shakespeare, um dos autores mais citados e admirados por Machado de Assis. [HG]

— Só esse?

— Que outro mais?

— Talvez outro, disse a baronesa abaixando a voz; pode ser que não, mas tão infeliz sou neste meu desejo, que há de vir a ser obstáculo, talvez.

— Mas que é?

— Um homem, um moço, não sei quem, sobrinho da mestra que foi de Guiomar... Ela mesma contou-me tudo há pouco.

— Tudo o quê?

— Não sei se tudo; mas enfim disse-me que, estando a passear na chácara, vira o tal sobrinho da mestra, junto à cerca do Dr. Luís Alves, e ficara a conversar com ele. Que será isto, Mrs. Oswald? Algum amor que continua ou recomeça agora, — agora, que ela já não é a simples herdeira da pobreza de seus pais, mas a minha filha, a filha do meu coração.

A comoção da baronesa ao proferir estas palavras era tal, que Mrs. Oswald pegou-lhe afetuosamente das mãos e procurou confortá-la com outras palavras de esperança e confiança. Disse-lhe, além disso, que o simples conversar com esse homem, que aliás nenhuma delas conhecia, não era razão para supor uma paixão anterior.

— Enfim, concluiu a inglesa, custa-me crer que ela ame a alguém neste mundo. Por enquanto estou que não gosta de ninguém, e a nossa vantagem não é outra senão essa. Sua afilhada tem uma alma singular; passa facilmente do entusiasmo à frieza, e da confiança ao retraimento. Há de vir a amar, mas não creio que tenha grandes paixões, ao menos duradouras. Em todo o caso, posso responder-lhe atualmente pelo seu coração, como se tivesse a chave na minha algibeira.

A baronesa abanou a cabeça.

— Quanto a esse homem, continuou Mrs. Oswald, saberemos quem é ele, e que relações de afeto houve no passado.

— Parece-lhe possível?

— Naturalmente!

A inglesa proferiu esta única palavra com a segurança necessária para serenar o ânimo da boa senhora, que ficou algum tempo a olhar pasmada para ela, como quem refletia.

— Há ocasiões, disse enfim a baronesa ao cabo de alguns segundos de silêncio, há ocasiões em que eu quase chego a sentir remorsos do amor que tenho a Guiomar. Ela veio preencher na minha vida o vácuo deixado por aquela pobre Henriqueta, a filha das minhas entranhas, que a morte levou consigo, para mal de sua mãe. Se havia de ser infeliz, melhor é que a chore morta, com a esperança de a ir encontrar no céu. Mas não lhe quis mais, nem talvez tanto, como a esta criança, que levei à pia, e de quem Deus me fez mãe...

A baronesa calou-se; ouvira passos no corredor.

Guiomar, embora tivesse ido vestir-se e aprimorar-se, com tão singelos meios o fizera, que não desdizia daquele matinal desalinho em que o leitor a viu no capítulo anterior. O penteado era um capricho seu, expressamente inventado para realçar a um tempo a abundância dos cabelos e a senhoril beleza da testa. As pontas bordadas de um colarinho de cambraia dobravam-se faceiramente sobre o azul do vestido de *glacé*, talhado e ornado com uma simplicidade artística.

Isto, e pouco mais, era toda a moldura do painel, — um dos mais belos painéis que havia por aqueles tempos em toda a praia de Botafogo.

— Viva a minha rainha de Inglaterra! exclamou Mrs. Oswald quando a viu assomar à porta da saleta.

E Guiomar sorriu com tanta satisfação e gozo ao ouvir-lhe esta saudação familiar, que um observador atento hesitaria em dizer se era aquilo simples vaidade de moça, ou se alguma cousa mais.

A baronesa pôs os olhos na afilhada, uns olhos amorosos e tristes, em que a moça reparou, e que a tornaram séria durante alguns rápidos segundos. Mas sorriu depois; e pegando das mãos da madrinha deu-lhe dous beijos no rosto, com tanta ternura e tão sincera, que a boa senhora sorriu de contentamento.

— Não precisa falar, disse Guiomar, já sei que me acha bonita. É o que me diz todos os dias, com risco de me perder, porque se eu acabo vaidosa, adeus, minhas encomendas, ninguém mais poderá comigo.

Guiomar disse isto com tanta graça e singeleza, que a madrinha não pôde deixar de rir, e a melancolia acabou de todo. A sineta do almoço chamou-as a outros cuidados, e a nós também, amigo leitor. Enquanto as três almoçam, relanceemos os olhos ao passado, e vejamos quem era esta Guiomar, tão gentil, tão buscada e tão singular, como dizia Mrs. Oswald.

V.
Meninice

Guiomar tivera humilde nascimento; era filha de um empregado subalterno não sei de que repartição do Estado, homem probo, que morreu quando ela contava apenas sete anos, legando à viúva o cuidado de a educar e manter. A viúva era mulher enérgica e resoluta, enxugou as lágrimas com a manga do modesto vestido, olhou de frente para a situação e determinou-se à luta e à vitória.

A madrinha de Guiomar não lhe faltou naquele duro transe, e olhou por elas, como entendia que era seu dever. A solicitude, porém, não foi tão constante a princípio como veio a ser depois; outros cuidados de família lhe chamavam a atenção.

Guiomar anunciava desde pequena as graças que o tempo lhe desabrochou e perfez. Era uma criaturinha galante e delicada, assaz inteligente e viva, um pouco travessa, decerto, mas muito menos do que é usual na infância. Sua mãe, depois que lhe morrera o marido, não tinha outro cuidado na terra, nem outra ambição mais, que a de vê-la prendada e feliz. Ela mesma lhe ensinou a ler mal, como ela sabia, — e a coser e bordar, e o pouco mais que possuía de seu ofício de mulher. Guiomar não tinha dificuldade nenhuma em reter o que a mãe lhe ensinava, e com tal afinco lidava por aprender, que a viúva, — ao menos nessa parte, — sentia-se venturosa. Hás de ser a minha doutora, dizia-lhe muita vez; e esta simples expressão de ternura alegrava a menina e lhe servia de incentivo à aplicação.

A casa em que moravam era naturalmente modesta. Ali correu a infância, — mas solitária, o que é um pouco mais grave. A mãe, quando a via embebida nos jogos próprios da idade, infantilmente alegre, — mas de uma alegria que fazia mal a seus olhos de mãe, tão fundo lhe doía aquele viver, — a mãe sentia às vezes pularem-lhe as lágrimas dos olhos fora. A filha não as via, porque ela sabia escondê-las; mas adivinhava-as através da tristeza que lhe ficava no rosto. Só não adivinhava o motivo, mas bastava que fossem mágoas de sua mãe, para lhe descair também a alegria.

Com o tempo, avultou outra causa de tristeza para a pobre viúva, ainda mais dolorosa que a primeira. Na idade apenas de dez anos, tinha Guiomar uns desmaios de espírito, uns dias de concentração e mudez, uma seriedade, a princípio intermitente e rara, depois frequente e prolongada, que desdiziam da meninice e faziam crer à mãe que eram prenúncios de que Deus a chamava para si. Hoje sabemos que não eram. Seria acaso efeito daquela vida solitária e austera, que já lhe ia afeiçoando a alma e como que apurando as forças para as pugnas da vida?

A primeira vez que esta gravidade da menina se lhe tornou mais patente foi uma tarde, em que ela estivera a brincar no quintal da casa. O muro do fundo tinha uma larga fenda, por onde se via parte da chácara pertencente a uma casa da vizinhança. A fenda era recente; e Guiomar acostumara-se a ir espairecer ali os olhos, já sérios e pensativos. Naquela tarde, como estivesse olhando para as mangueiras, a cobiçar talvez as doces frutas amarelas que lhe pendiam dos ramos, viu repentinamente aparecer-lhe diante, a cinco ou seis passos do lugar em que estava, um rancho de moças, todas bonitas, que arrastavam por entre as árvores os seus vestidos, e faziam luzir aos últimos raios do sol poente as joias que as enfeitavam. Elas passaram alegres, descuidadas, felizes; uma ou outra lhe dispensou talvez algum afago; mas foram-se, e com elas os olhos da interessante pequena, que ali ficou largo tempo absorta, alheia de si, vendo ainda na memória o quadro que passara.

A noite veio, a menina recolheu-se pensativa e melancólica, sem nada explicar à solícita curiosidade da mãe. Que explicaria ela, se mal podia compreender a impressão que as cousas lhe deixavam? Mas, como a mãe entristecesse com aquilo, Guiomar domou o próprio espírito e fez-se tão jovial como nos melhores dias.

Esta era ainda outra feição da menina; tinha uma força de vontade superior aos seus anos. Com ela, e a viveza intelectual que Deus lhe dera, logrou aprender tudo o que a mãe lhe ensinara, e melhor ainda do que ela o sabia, desde que o tempo lhe permitiu desenvolver os primeiros elementos.

Aos treze anos ficou órfã; este fundo golpe em seu coração, foi o primeiro que ela verdadeiramente pôde sentir, e o maior que a fortuna lhe desfechou. Já então a madrinha a fizera entrar para um colégio, onde aperfeiçoava o que sabia e onde lhe ensinavam muita cousa mais.

Vivia ainda então a filha da baronesa, uma interessante criança de treze anos, que era toda a alma e encanto de sua mãe. Guiomar visitava a casa da madrinha; a idade quase igual das duas meninas, a afeição que as ligava, a beleza e meiguice de Guiomar, a graciosa compostura de seus modos, tudo apertou entre a madrinha e a afilhada os laços puramente espirituais que as uniam antes. Guiomar correspondia aos sentimentos daquela segunda mãe; havia talvez em seu afeto, aliás sincero, um tal encarecimento que podia parecer simulação. O afeto era espontâneo; o encarecimento é que seria voluntário.

Tinha a moça dezesseis anos quando passou para o colégio da tia de Estêvão, onde pareceu à baronesa se lhe poderia dar mais apurada educação. Guiomar manifestara então o desejo de ser professora.

— Não há outro recurso, disse ela à baronesa quando lhe confiou esta aspiração.

— Como assim? perguntou a madrinha.

— Não há, repetiu Guiomar. Não duvido, nem posso negar o amor que a senhora me tem; mas a cada qual cabe uma obrigação, que se deve cumprir. A minha é... é ganhar o pão.

Estas últimas palavras passaram-lhe pelos lábios como que à força. O rubor subiu-lhe às faces; dissera-se que a alma cobria o rosto de vergonha.

— Guiomar! exclamou a baronesa.

— Peço-lhe uma cousa honrosa para mim, respondeu Guiomar com simplicidade.

A madrinha sorriu e aprovou-a com um beijo, — assentimento de boca, a que já o coração não respondia, e que o destino devia mudar.

Pouco tempo depois padeceu a baronesa o golpe quase mortal a que aludiu no capítulo anterior. A filha morreu de repente, e o inopinado do desastre quase levou a mãe à sepultura.

A afeição de Guiomar não se desmentiu nessa dolorosa situação. Ninguém mostrou sentir mais do que ela a morte de Henriqueta, ninguém consolou tão dedicadamente a infeliz que lhe sobrevivia. Eram ainda verdes os seus anos; todavia revelou ela a posse de uma alma igualmente terna e enérgica, afetuosa e resoluta. Guiomar foi durante alguns dias a verdadeira dona da casa; a catástrofe abatera a própria Mrs. Oswald.

O coração da pobre mãe ficara tão vazio, e a vida lhe pareceu tão agra e deserta sem a filha, que ela morreria talvez de saudade, se não fora a presença de Guiomar. Nenhuma outra criatura poderia preencher, como esta, o lugar de Henriqueta. Guiomar era já meia filha da baronesa; as circunstâncias, não menos que o coração, tinham-nas destinado uma para a outra. Um dia, em que a afilhada fora visitar a madrinha, esta lhe disse que a iria em breve buscar para sua casa.

— Você será a filha que eu perdi; ela não me amou mais, nem eu já agora teria outra consolação.

— Oh! madrinha! exclamou Guiomar beijando-lhe as mãos.

A baronesa estava assentada; Guiomar ajoelhou-se-lhe aos pés e pôs-lhe a cabeça no regaço. A boa mãe curvou-se e beijou-lha ternamente, com os olhos naquela filha que os sucessos lhe haviam dado, e o pensamento no céu, onde devia estar a outra, que Deus lhe dera e levou para si.

Pouco depois estabeleceu-se Guiomar definitivamente em casa da madrinha, onde a alegria reviveu, gradualmente, graças à nova moradora, em quem havia um tino e sagacidade raros. Tendo presenciado, durante algum tempo, e não breve, o modo de viver entre a madrinha e Henriqueta, Guiomar pôs todo o seu esforço em reproduzir pelo mesmo teor os hábitos de outro tempo, de maneira que a baronesa mal pudesse sentir a ausência da filha. Nenhum dos cuidados da outra lhe esqueceu, e se em algum ponto os alterou foi para aumentar-lhe novos. Esta intenção não escapou ao espírito da baronesa, e é supérfluo dizer que deste modo os vínculos do afeto mais se apertaram entre ambas.

Ao mesmo tempo que ia provando os sentimentos de seu coração, revelava a moça, não menos, a plena harmonia de seus instintos com a sociedade em que entrara. A educação, que nos últimos tempos recebera, fez muito, mas não fez tudo. A natureza incumbira-se de completar a obra, — melhor diremos, começá-la. Ninguém adivinharia nas maneiras finamente elegantes daquela moça, a origem mediana que ela tivera; a borboleta fazia esquecer a crisálida.

VI.

O *post-scriptum*

Aquele conselho de Luís Alves, na fatal noite de dous anos antes, não há dúvida que era judicioso e devera ter ficado no espírito de Estêvão. Não convinha reler a carta, sob pena de lhe achar um *post-scriptum*. Estêvão era curioso de epístolas; não pôde ter-se que não abrisse aquela. O *post-scriptum* lá estava no fim.

Vindo à linguagem natural, Estêvão saiu do jardim de Luís Alves com o coração meio inclinado a amar de novo a mulher que tanto o fizera padecer um dia. Daqui concluirá alguém que ele verdadeiramente não deixara de a amar. Pode ser; havia talvez debaixo da cinza uma faísca, uma só, e essa bastava a repetir o incêndio. Mas fosse de um ou de outro modo, o certo é que Estêvão saiu dali com o princípio do amor no coração.

Todo aquele dia foi de alvoroço e agitação para ele, que não se resignou logo, antes buscou reagir contra a entrada da paixão nova. A tentativa era sincera; as forças é que eram escassas. Ele desviava de si a imagem da moça; ela, porém perseguia-o, tenaz, como se fora um remorso, fatal como a voz de seu destino.

Estêvão nada disse a Luís Alves do encontro e da conversa que tivera com a moça no jardim; e não lho escondeu por desconfiança, mas por vergonha. Que lhe diria porém ele que o não tivesse visto e percebido Luís Alves? Da janela de seu quarto, que dava para o jardim, enfiando os olhos pela fresta das cortinas pôde observá-los durante aqueles três quartos de hora de inocente palestra. O espetáculo não o divertiu muito; Luís Alves achou um pouco atrevida a escolha do lugar.

A circunstância de os ver juntos chamou-lhe a atenção para a coincidência do nome da vizinha com o da antiga namorada do colega; era naturalmente a mesma pessoa.

— Vai contar-me tudo, pensou Luís Alves quando viu o colega afastar-se da cerca e dirigir os passos para casa.

Estêvão, como disse, foi discreto. Vinha preocupado, muito outro do que entrara na véspera, a ler-se-lhe no rosto alguma cousa mais séria do que ele próprio costumava ser.

Tinha Estêvão contra si o passado e o futuro. O presente, sim, defendia-o; ele sentia que alguma cousa o distanciava de Guiomar. Mas o passado falava-lhe de todas as doces recordações, — as menos amargas, — e a memória quase não sabe de outras quando relembra o que foi. O futuro acenava-lhe com as suas esperanças todas, e basta dizer que eram infinitas. Além disso, a Guiomar que ele via agora, surgia-lhe no meio de outra atmosfera, — a mesma que o seu espírito almejava respirar; e aparecia-lhe para fugir logo. Sobre tudo isto o obstáculo, aquela porta fechada, que bem podia ser a da *città dolente*,[7] mas que em todo o caso ele quisera ver franqueada às suas ambições.

Os dias correram alternados de confiança e desânimo, tecidos de ouro e fio negro, um lutar de todas as

---

7. A expressão, em italiano, pode ser traduzida literalmente por "cidade dolente", ou "cidade da dor", e é mencionada no início do canto III do "Inferno", primeira parte de *A divina comédia* (c. 1308-21), de Dante Alighieri. [HG]

horas, que acabou como era de prever e devia acabar. O coração levou Estêvão atrás de si.

Nenhum meio, dos que tinha à mão, lhe esqueceu para ver Guiomar. As janelas da casa estavam quase sempre desertas. Duas ou três vezes aconteceu vê-la de longe; ao aproximar-se-lhe, sumira-se o vulto na sombra do salão. Não perdia teatro; mas só duas vezes teve o gosto de a ver: uma no Lírico, onde se cantava *Sonâmbula*, outra no Ginásio, onde se representavam os *Parisienses*,[8] sem que ele ouvisse uma nota da ópera, nem uma palavra da comédia. Todo ele, olhos e pensamento, estava no camarote de Guiomar. No Lírico foi baldada essa contemplação; a moça não deu por ele. No Ginásio, sim; o teatro era pequeno; contudo, antes não fora visto, tão tenazmente desviou ela os olhos do lugar em que ele ficara.

Nem por isso deixou Estêvão de ir esperá-la à saída, colocar-se francamente no seu caminho, solicitar-lhe audazmente os olhos e atenção. A família desceu da 2ª ordem pela escada do lado de S. Francisco; a estreiteza do lugar era excelente. Dava o braço à baronesa um moço de vinte e cinco anos, figura elegante, ainda que um tanto afetada. Desceram todos três e ficaram à espera do carro alguns minutos. Na meia sombra que ali havia destacava-se o rosto marmóreo de Guiomar e a gentileza de seu talhe. Seus grandes olhos vagavam pela multidão, mas não fitavam ninguém. Ela possuía, como nenhuma outra, a arte de gozar, sem as ver, as homenagens da admiração pública.

---

8. *La sonnambula* (1831) é uma ópera do italiano Vincenzo Bellini criada a partir do vaudeville homônimo do dramaturgo francês Eugène Scribe (1791-1861). *Les Parisiens* (1855) é uma peça do também dramaturgo francês Théodore Barrière. [LS]

Irritado com a indiferença da moça, vagou Estêvão toda aquela noite, a sós com o seu despeito e o seu amor, tecendo e destecendo mil planos, todos mais absurdos uns que outros. A taça enchera de todo; era mister entorná-la no seio de um amigo, de um amigo que houvesse nas suas mãos o único remédio que ele nessa ocasião pedia; — a chave daquela porta.

Luís Alves era esse homem.

— Outra vez caído! exclamou ele rindo quando Estêvão lhe contou tudo. Eu já o havia percebido. Isto de mulheres... Queres então que te leve lá?

— Quero.

Luís Alves refletiu alguns instantes.

— E uma viagem, não te seria bom fazer uma viagem? Já sei o que me vais dizer; mas também não te proponho uma viagem de recreio, à Europa. Olha, arranjo-te, se queres, um lugar de juiz municipal...

A proposta era sincera; Estêvão cuidou ver-lhe uma ponta de zombaria e ergueu os ombros com enfado. A proposta, entretanto, merecia ser examinada; era uma carreira, e vinha de um homem que estava a entrar na vida política, que esperava daí a algumas semanas o resultado de uma eleição, com a certeza, ou quase, de haver triunfado. Era influência que nascia, e de força viria a crescer. Mas para Estêvão, naquela ocasião, toda a carreira pública, influência, futuro, leis, tudo estava nos olhos castanhos de Guiomar.

— Eu amo-a, disse ele enfim, isto para mim é tudo. Pode bem ser que tenhas razão; talvez me espere algum grande desgosto; mas são reflexões, e eu não reflito agora, eu sinto...

— Em todo o caso, acudiu Luís Alves, desempenho o

meu dever de amigo; digo-te que vocês não nasceram um para outro; que, se ela te não amou naquele tempo, muito menos te amará hoje, e que enfim...

Luís Alves estacou.

— Enfim? perguntou Estêvão.

— Enfim pedes-me um sacrifício, concluiu rindo o advogado, porque também eu já a namorisquei... Não é preciso carregares o sobrolho; foi namoro de vizinho, tentativa que durou pouco mais de vinte e quatro horas. Com vergonha o digo, ela não me prestou uma migalha de atenção sequer, e eu voltei aos meus autos.

— Então... gostas dela? perguntou Estêvão.

— Acho-a bonita e nada mais. Aquilo foi um lançar barro à parede; se aceitasse, casava-me; não aceitou...

— Já vês que somos diferentes.

— Queres, então?...

— Um serviço de amigo.

— Bem, disse por fim Luís Alves, faça-se a tua vontade. A baronesa vai cuidar agora de um processo e mandou-me falar. Eu passo-te a prebenda; entrarás ali, como advogado, o que de alguma maneira me tira um peso da consciência.

Estêvão, que só pedia um pretexto, aceitou a oferta com ambas as mãos, e agradeceu-lha com tão expansiva ternura, que fez sorrir o outro.

A promessa cumpriu-se pontualmente. Luís Alves apresentou Estêvão à baronesa, na seguinte noite, como seu companheiro e amigo, como advogado capaz de zelar os interesses da ilustre cliente. A recepção, foi geralmente boa, salvo por parte de Guiomar, que pareceu aborrecida de o ver naquela casa. Quando Estêvão a saudou, como quem a conhecia de longo tempo, ela mal pôde retribuir-lhe o cumprimento; em todo o resto da noite não lhe deu palavra. Daquela parte o acolhimento não podia ser pior; mas Estêvão sentia-se feliz, desde que podia vê-la, respirar o mesmo ar, nada mais pedindo por ora, e deixando o resto à fortuna.

De todas as pessoas de casa da baronesa, a primeira que reparou na indiferença com que Guiomar tratara Estêvão, foi Mrs. Oswald. A sagaz inglesa afivelou a máscara mais impassível que trouxera das ilhas britânicas e não os perdeu de vista. Nem da primeira nem da segunda vez viu nada mais que os olhos dele, que solicitavam os dela, e os dela que pareciam surdos. Havia decerto uma paixão, solitária e desatendida.

— Sabe que descobri um namorado seu? perguntou ela alguns dias depois a Guiomar.

Guiomar fez um gesto de estranheza.

— Entendamo-nos, observou a inglesa; não digo que a senhora o namore também; digo que é ele quem anda apaixonado. Não adivinha?

— Talvez.

— O Dr. Estêvão.

Guiomar fez um gesto de desdém.

— Vejo que tinha adivinhado, disse Mrs. Oswald; também não era difícil. Quem tem alguma prática destas cousas fareja uma paixão a cem léguas de distância, por mais que ela busque recatar-se dos olhos estranhos. Os namorados geralmente supõem que ninguém os vê; é uma lástima. Olhe, da senhora posso eu jurar que não está namorada de pessoa nenhuma.

— Que sabe disso? perguntou Guiomar deitando os olhos para o espelho de seu guarda-vestidos. Pois estou, mas de mim mesma.

Mrs. Oswald desatou a rir, de um riso grave e pausado. Ela sabia que a moça tinha orgulho de suas graças; era bom caminho afagar-lhe o sentimento. Disse-lhe muita cousa bonita, que não vem para aqui, e concluiu pondo-lhe as mãos nos ombros, encarando-a fito a fito, e enfim rompendo nestas palavras, meias suspiradas:

— A senhora é a flor desta sua terra. Quem a colherá? Alguém sei eu que a merece...

Guiomar ficou séria, e desviou brandamente as mãos da inglesa, murmurando:

— Mrs. Oswald, falemos de outra cousa.

VII.
Um rival

Não era a primeira vez que Mrs. Oswald aludia a alguma cousa que desagradava a Guiomar, nem a primeira que esta lhe respondia com a sequidão que o leitor viu no fim do capítulo anterior. A boa inglesa ficou séria e calada alguns dous ou três minutos, a olhar para Guiomar, aparentemente buscando interrogar-lhe o pensamento, mas na realidade sem saber como sair da situação. A moça rompeu o silêncio:

— Está bom, disse ela sorrindo, não vejo razão para que se zangue comigo.

— Não estou zangada, acudiu prontamente Mrs. Oswald. Zangada por quê? Pesa-me, decerto, que a natureza me não dê razão, e que uma aliança tão conveniente, para ambos, seja repelida pela senhora; mas se isto é motivo de desgosto, não pode sê-lo de zanga...

— Desgosto?

— Para mim... e naturalmente para ele.

Guiomar respondeu com um simples sacudir de ombros, seco e rápido, como quem se lhe não dava do mal ou não acreditava nele. Mrs. Oswald não atinou qual destas impressões seria, e concluiu que fossem ambas. A moça, entretanto, pareceu arrepender-se daquele movimento; travou das mãos da inglesa, e com uma voz ainda mais doce e macia que de costume, lhe disse:

— Veja o que é ser criança! Não parece que ainda em cima me zango com a senhora?

— Parece.

— Pois não é exato. Isto são caprichos de menina mal-educada. Dei para não gostar que me adorem... Minto; disso gosto eu; mas quisera que me adorassem somente, não lhe parece?

E Guiomar acompanhou estas palavras com uma risadinha mimosa e uns gestos de criança travessa, que destoavam inteiramente da sua gravidade habitual.

— Já sei, gosta de uma adoração como a do Dr. Estêvão, silenciosa e resignada, uma adoração...

E Mrs. Oswald, que, como boa protestante que era, tinha a Escritura na ponta dos dedos, continuou por este modo, acentuando as palavras:

— Uma adoração como a que devia inspirar José, filho de Jacó, que era belo como a senhora: "por ele as moças andavam por cima da cerca...".

— Da cerca? perguntou Guiomar tornando-se séria.

— Do muro, diz a Escritura, mas eu digo da cerca porque... nem eu sei por quê. Não core! Olhe que se denuncia.

Guiomar corara deveras; mas era a altivez e o pundonor ofendido que lhe falavam no rosto. Olhou fria e longamente para a inglesa, com um desses olhares, que são, por assim dizer, um gesto da alma indignada. O que a irritava não era a alusão, que não valia muito, era a pessoa que a fazia, — inferior e mercenária. Mrs. Oswald percebeu isto mesmo; mordeu a ponta do lábio, mas transigiu com a moça.

— Meu Deus! disse ela. Parece que se zangou por uma brincadeira à toa. Bem sabe que eu não podia querer agravá-la; supô-lo é ofender-me a mim, — a mim, que também lhe tenho afeto de mãe...

A última palavra aquietou o ânimo de Guiomar; ela tinha cedido ao impulso do seu caráter altivo, mas a razão veio depois, e o coração também, que não era mau. A inglesa, que possuía longa prática da vida e sabia ceder a tempo, uniu o gesto à palavra e chamou-a com os braços para si. Guiomar deixou-se ir, um pouco de má vontade, e a conversa teria acabado ali, se Mrs. Oswald não lhe dissesse com a mais doce voz que daquela garganta podia sair:

— Convença-se de que eu sou importuna e indiscreta por afeição, e que a felicidade desta família é toda a ambição da minha alma. Não pode haver intenção melhor do que esta. Um conselho último, — último se me não consentir mais falar-lhe nisto; — eu creio que a senhora sonha talvez demais. Sonhará uns amores de romance, quase impossíveis? digo-lhe que faz mal, que é melhor, muito melhor contentar-se com a realidade; se ela não é brilhante como os sonhos, tem pelo menos a vantagem de existir.

Guiomar cravara desta vez os olhos no chão, com a expressão vaga e morta de quem os apagou para as cousas externas. As palavras de Mrs. Oswald responder-lhe-iam acaso a alguma voz íntima? A inglesa prosseguiu na mesma ordem de ideias, sem que ela a interrompesse ou desse sinal de si. Quando ela acabou, Guiomar estremeceu, como se acordasse; levantou a cabeça, e lenta, e comovida, proferiu esta única resposta:

— Talvez tenha razão, Mrs. Oswald, mas em todo o caso os sonhos são tão bons!

Mrs. Oswald abanou a cabeça e saiu; Guiomar acompanhou-a com os olhos, a sorrir, satisfeita de si mesma, e a murmurar tão baixo que mal a ouvia o seu próprio coração:

— Sonhos, não, realidade pura.

Suponho, que o leitor estará curioso de saber quem era o feliz ou infeliz mortal, de quem as duas trataram no diálogo que precede, se é que já não suspeitou que esse era nem mais nem menos o sobrinho da baronesa, — aquele moço que apenas de passagem lhe apontei nas escadas do Ginásio.

Era um rapaz de vinte e cinco a vinte e seis anos. Jorge chamava-se ele; não era feio, mas a arte estragava um pouco a obra da natureza. O muito mimo empece a planta, disse o poeta, e esta máxima não é só aplicável à poesia, mas também ao homem.[9] Jorge tinha um lindo bigode castanho, untado e retesado com excessivo esmero. Os olhos, claros e vivos, seriam mais belos, se ele não os movesse com afetação, às vezes feminina. O mesmo direi dos modos, que seriam fáceis e naturais, se os não tornasse tão alinhados e medidos. As palavras saíam-lhe lentas e contadas, como a fazer sentir toda a munificência do autor. Não as proferia como as demais pessoas; cada sílaba era por assim dizer espremida, sendo fácil ver ao cabo de alguns minutos, que ele fazia consistir toda a beleza da elocução nesse alongar do vocábulo. As ideias orçavam pelo modo de as exprimir; eram chochas por dentro, mas traziam uma côdea de gravidade pesadona, que dava vontade de ir espairecer o ouvido em cousas leves e folgazãs.

---

9. Referência ao poeta português Antônio Ferreira (1528-69), cuja máxima aparece no poema "Carta a Diogo Bernardes". [HG]

Tais eram os defeitos aparentes de Jorge. Outros havia, e desses, o maior era um pecado mortal, o sétimo. O nome que lhe deixara o pai, e a influência da tia podiam servir-lhe nas mãos para fazer carreira em alguma cousa pública; ele, porém, preferia vegetar à toa, vivendo do pecúlio que dos pais herdara e das esperanças que tinha na afeição da baronesa. Não se lhe conhecia outra ocupação.

Não obstante os defeitos apontados, havia nele qualidades boas; sabia dedicar-se, era generoso, incapaz de malfazer, e tinha sincero amor à velha parenta. A baronesa, pela sua parte, queria-lhe muito. Guiomar e ele eram as suas duas afeições principais, quase exclusivas.

Tal era a pessoa cujos interesses defendia Mrs. Oswald, por amor da baronesa, e não menos de si própria. A baronesa também tinha os seus sonhos, como ela mesma disse, e esses eram deixar felizes aquelas duas crianças. Jorge pela sua parte estava disposto a estender o colo ao sacrifício; e, bem examinadas as cousas, talvez amasse sinceramente a moça. A diferença entre ele e Estêvão é que o seu amor era tão medido como os seus gestos, e tão superficial como as suas outras impressões.

Do que aí fica dito, facilmente compreenderá o leitor que, dos dous namorados, só um percebeu logo o sentimento do outro. A alma de Estêvão andava-lhe nos olhos, enchendo-os de maneira que ele não podia ver nada mais além de Guiomar.

Ao cabo de duas semanas a situação de Estêvão podia dizer-se menos má; na opinião dele era excelente. A baronesa soube quem ele era; Guiomar contara-lhe tudo; mas a inglesa, não menos que a observação própria, lhe mostrou que nenhum perigo corria Guiomar, e excluído o perigo, restavam as boas qualidades do bacharel, que de todo lhe caiu em graça. Mrs. Oswald navegou nas mesmas águas mansas. O próprio Jorge, naturalmente porque confiava em si, não temeu do rival, e pouco tardou que lhe abrisse os cancelos da sua gravidade. Que admira, pois, que a mesma Guiomar afrouxasse um pouco da primeira rigidez?

Aquele bom rapaz tinha a salutar crendice da esperança, em que muita vez se resumem todas as bênçãos da vida. Pedia muito, como alma sequiosa que era, mas bem pouco bastava a contentá-lo. A imaginação multiplicava os zeros; com um grão de areia construiria um mundo. A afabilidade de uns e a cortesia de outros, tanto bastou para que ele se julgasse quase no termo de suas aspirações; e posto não lhe desse Guiomar uma só das animações de outro tempo, — que aliás tão frágeis eram, ainda assim acreditou ele piamente que o amor nascia, ou renascia, naquele rebelde coração.

Guiomar, no meio das afeições que a cercavam, sabia manter-se superior às esperanças de uns e às suspeitas de outros. Igualmente cortês, mas igualmente impassível para todos, movia os olhos com a serenidade da isenção, não namorados, nem sequer namoradores. Ela teria, se quisesse, a arte de Armida; saberia refrear ou aguilhoar os corações, conforme eles fossem impacientes ou tíbios; faltava-lhe porém o gosto, — ou melhor, sobrava-lhe o sentimento do que ela achava que era a sua dignidade pessoal.

VIII.

Golpe

Um dia de manhã acordou Estêvão com a resolução feita de dar o golpe decisivo. Os corações frouxos têm destas energias súbitas, e é próprio da pusilanimidade iludir-se a si mesma. Ele confessava que nada havia feito, e que a situação exigia alguma cousa mais.

— Nunca as circunstâncias foram mais propícias do que hoje, pensava o rapaz; Guiomar trata-me com afabilidade de bom agouro. Demais, há nela espírito elevado; há de reconhecer que um sentimento discreto e respeitoso, como este meu, vale um pouco mais do que lisonjarias de sala.

A resolução estava assentada; restava o meio de a tornar efetiva. Estêvão hesitou largo tempo entre dizer de viva voz o que sentia ou transmiti-lo por via do papel. Qualquer dos modos tinha para ele mais perigos que vantagens. Ele receava ser frio na declaração escrita ou incompleto na confissão oral. Irresoluto e vacilante, ambos os meios adotou e repeliu, a curtos intervalos; enfim, diferiu a escolha para outra ocasião.

O acaso supriu a resolução, e o premeditado cedeu o passo ao fortuito.

Uma tarde, havendo algumas pessoas a jantar em casa da baronesa, foram passear à chácara. Estêvão que, como Luís Alves, era dos convivas, afastou-se gradualmente dos outros grupos, e aproximou-se daquela cerca histórica onde, após dous anos de ausência e esquecimento, vira, já transformada, a formosa Guiomar. Era a primeira vez que ele punha os olhos nesse sítio, depois da conversa, que aí tivera com ela. A comoção que sentiu foi naturalmente grande; ressurgia-lhe o quadro ante os olhos, a hora, o céu brilhante, o doce alento da manhã, e por fim a figura da moça, que ali apareceu, como a alma do quadro, trazendo-lhe recordações, que ele julgava mortas, esperanças que supunha impossíveis.

Estêvão curvou a cabeça ao doce peso daquelas memórias, a alma bebeu, a largos haustos, a vida toda que a imaginação lhe criava e talvez a noite o tomasse na mesma atitude, se a voz maviosa de Guiomar, lhe não dissesse a poucos passos de distância:

— Sr. doutor, perdeu alguma cousa?

O rapaz volveu rapidamente a cabeça, e viu a moça, que atravessava uma das calhes próximas, a olhar e a sorrir para ele. Estêvão sorriu também, e com uma presença de espírito assaz rara em namorados, sobretudo em namorados como ele era, prontamente respondeu:

— Não perdi nada, mas achei uma cousa.

— Vejamos o que foi.

E Guiomar aproximou-se, a passo firme e seguro, e Estêvão, sem muito vacilar, ali mesmo forjou uma reflexão filosófica a respeito de um inseto que casualmente passava por cima de uma folha seca. A reflexão não valia muito, e tinha o defeito de vir um pouco forçada e de acarreto; a moça sorriu, entretanto, e ia continuar o seu caminho, quando ele, colhendo as forças todas, a fez deter com estas palavras:

— E se eu tivesse achado outra cousa?

— Ainda mais! exclamou ela voltando-se risonha.

Estêvão deu dous passos para Guiomar, desta vez comovido e resoluto. A moça fez-se séria e dispôs-se a ouvi-lo.

— Se eu tivesse achado neste lugar, continuou ele, longos dias de esperança e de saudade, um passado que eu julgara não reviver mais, uma dor oculta e medrosa, vivida na solidão, nutrida e consolada de minhas próprias lágrimas? Se eu tivesse achado aqui a página rota de uma história começada e interrompida, não por culpa de ninguém na terra, mas da estrela sinistra da minha vida, que um anjo mau acendeu no céu, e que, talvez, talvez ninguém nunca apagará?

Estêvão calou-se e ficou a olhar fixamente para Guiomar.

Aquela declaração repentina e rosto a rosto estava tão longe do temperamento do rapaz, que ela gastou alguns segundos longos primeiro que voltasse a si do assombro. Ele próprio admirava-se do atrevimento que tivera; e enquanto pendia dos lábios da moça, repassava na memória, aliás confusamente, o que tão a frouxo lhe saíra do peito naquela hora de abençoada temeridade.

— Se tivesse achado tudo isso, respondeu Guiomar sorrindo, é natural que preferisse achar outra cousa menos melancólica. Entretanto, parece que nada mais achou do que esta ocasião de falar, com a viva imaginação que Deus lhe deu; num ou noutro caso, porém, posso decerto lastimá-lo ou admirá-lo, mas não me é dado ouvi-lo.

E Guiomar ia de novo afastar-se, quando Estêvão, receando perder a ocasião que a fortuna lhe oferecia, disse de longe com voz triste e súplice:

— Atenda-me um só minuto!

— Não um, mas dez — respondeu a moça estacando o passo e voltando o rosto para ele — e serão provavelmente os últimos em que falaremos a sós. Cedo à comiseração que me inspira o seu estado; e pois que rompeu o longo e expressivo silêncio em que se tem conservado até hoje, concedo-lhe que diga tudo, para me ouvir uma só palavra.

A moça falara num tom seco e imperioso, em que mais dominava a impaciência do que a comiseração a que vinha de aludir. O coração de Estêvão batia-lhe como nunca, — como o coração costuma bater nas crises de uma angústia suprema. Todo aquele castelo de vento, laboriosamente construído nos seus dias de ilusão, todo ele se esboroava e desfazia, como vento que era. Estêvão arrependera-se do impulso que o levara a violar ainda uma vez o segredo dos seus sentimentos íntimos, a abrir mão de tantas esperanças, alimentadas com o melhor do seu sangue juvenil.

Alguns instantes decorreram em que nem um nem outro falou; ambos pareciam medir-se, ela serena e quieta, ele trêmulo e gelado.

— Uma só palavra, repetiu Estêvão, e essa adivinho que será de desengano. Embora! Pois que me atrevi a dizer-lhe alguma cousa, força é que lhe diga tudo, — feliz, se me restar, ao menos, a maior fortuna a que já agora posso aspirar, — o seu remorso.

Guiomar ouvira-o tranquilamente; a última palavra fê-la estremecer. Sorriu, entretanto, de um sorriso um pouco voluntário e esperou.

A narração foi longa, tanto quanto o permitiam a ocasião, o lugar e a pessoa; durou apenas dez minutos. Estêvão nada lhe escondeu, nem o amor que lhe tivera outrora, nem o que agora lhe renascia, mais violento que o primeiro; disse-lhe as dores que curtira, as esperanças que afinal lhe enfloravam a alma, tudo quanto empreendera para ter a ventura de a contemplar de perto, de gozar naquele escasso ponto da terra a maior de todas as bem-aventuranças.

Tal é a transcrição, não literal, mas fiel, do que disse Estêvão durante esses dez minutos. As palavras caíam-lhe trêmulas e a voz saía-lhe sumida, em parte porque ele forcejava em a abafar, a fim de que o não ouvissem, em parte porque a comoção lhe comprimia a garganta. A dor era visivelmente sincera; a eloquência vinha do coração.

Guiomar não ouvira tudo com a mesma expressão; a princípio um meio riso parecia desabrochar-lhe os lábios, mas não tardou que pelo rosto abaixo lhe caísse um véu mais compassivo e humano. Havia nela impaciência e ansiedade de acabar, de sair dali; era, sem dúvida, o receio de que a ausência se prolongasse de maneira que inspirasse suspeitas. Mas havia também comiseração e piedade.

— Nenhuma culpa lhe pode caber do mal que tenho padecido, disse Estêvão concluindo; sobretudo agora, só eu, só a minha cabeça é a causa única de tudo. Parecia-me ver o contrário do que existia; cheguei a supor que havia em seu coração alguma cousa que não era a total indiferença; vejo que foi tudo ilusão.

O tom em que ele falara era o mesmo das palavras que aí ficam, todas humildes e resignadas, sem o menor laivo de queixa ou de reproche. Uma submissão assim devia por força comover a uma mulher amada. Guiomar falou-lhe sem azedume:

— Era ilusão, disse ela. O sentimento que me acaba de revelar inteiro, ninguém o recebe ou nutre de vontade; a natureza o infunde ou nega. Posso eu ter culpa disso?

— Nenhuma.

— Nem o senhor também, e espero que esta mútua justiça avigore o sentimento de estima que devemos ter um para com o outro. Mas estima apenas, não pode haver outra cousa, — da minha parte ao menos. É pouco, decerto...

— Não é pouco, é cousa diferente, interrompeu Estêvão.

— Mas não espere nada mais, concluiu Guiomar sem ouvir a interrupção.

Estêvão abriu a boca para falar, mas não achou palavra que lhe dissesse o que sentia; levou a mão ao coração, que batia fortemente, e ficou a olhar para ela com os olhos secos e parados, a voz extinta, como se a alma lhe fugira toda. Era claro, depois daquele desengano, que lhe cumpria não voltar ali mais, pelo menos com a assiduidade da esperança; e assim era que a única e amarga satisfação de a ver, nem essa já agora se lhe consentia.

— Dou-lhe um conselho, disse Guiomar depois de alguns segundos de pausa, seja homem, vença-se a si próprio; seu grande defeito é ter ficado com a alma criança.

— Talvez, respondeu o moço suspirando.

— E adeus. Falamos a sós, mais do que convinha; não sei se outra consentiria nisto. Mas eu não só reconheço os seus sentimentos de respeito, como desejo que estas poucas palavras trocadas agora ponham termo a aspirações impossíveis.

Guiomar estendeu-lhe a mão, em que ele tocou levemente.

A baronesa apareceu, entretanto, a algumas braças de distância; vinha encostada ao braço do sobrinho, que lhe falava, mas a quem ela já não ouvia. Tinha os olhos cravados nos dous interlocutores de há pouco. A moça, apenas vira de longe a madrinha, deu afoutamente o braço a Estêvão, e seguiram ambos a encontrar-se com ela; o rosto de Guiomar não revelava nada; o de Estêvão vinha perturbado e abatido. A baronesa franziu a testa:

— Jorge, disse ela em voz baixa, precisamos conversar.

IX.
Conspiração

A baronesa, quando se lhe aproximaram os dous interlocutores da cerca, mais receosa ficou e mais perplexa. Guiomar vinha risonha e até gracejadora; mas o abatimento de Estêvão era tão mal disfarçado, que de duas uma, — ou ela acabava de lhe dar o último desengano, — ou aquilo era apenas um arrufo sério, que o moço não podia ou não queria esconder de olhos estranhos. Isto é o que a baronesa pensou. O que ela concluiu foi que, em todo caso, urgia tentar alguma cousa em favor do maior, — do único sonho da sua velhice.

Jorge não percebeu a verdadeira razão por que a tia lhe dissera ser necessário conversar com ela; imaginou que se trataria de Guiomar e Estêvão, — mas estava longe de supor todo o alcance da entrevista.

A entrevista não pôde ser logo nesse dia; as visitas ficaram ali até tarde, e a noite foi a mais agradável e distraída de todas as noites; Guiomar, sobretudo, esteve como nunca, jovial e interessante. A serenidade parecia morar-lhe na alma e refletir-se-lhe no rosto, — tantas vezes pensativo, mas agora tão frio e tão nu.

Não será preciso dizer a um leitor arguto e de boa vontade... Oh! sobretudo de boa vontade, porque é mister havê-la, e muita, para vir até aqui, e seguir até o fim, uma história, como esta, em que o autor mais se ocupa de desenhar um ou dous caracteres, e de expor alguns sentimentos humanos, que de outra qualquer cousa, porque outra cousa não se animaria a fazer; — não será preciso declarar ao leitor, dizia eu, que toda aquela jovialidade de Guiomar eram punhais que se lhe cravavam no peito ao nosso Estêvão. Ele não podia supô-la abatida; mas penalizada, ao menos, um pouco respeitosa para com a dor que havia nele, isto, sim, imaginava que seria. Mas nada disso foi, e o pobre rapaz saiu dali mais cedo do que pensara e quisera sair.

Na alcova, se ele pudesse vê-la mais tarde na alcova, solitária e toda consigo, sentada na poltrona rasa ao lado da cama, com os cabelos desfeitos, os pezinhos metidos nas chinelas de cetim preto, as mãos no regaço e os olhos vagando de objeto em objeto, como se reproduzissem fora as atitudes interiores do pensamento, ali não só ele a adoraria de joelhos, mas até poderia supor que alguma preocupação lhe tirava o sono e que essa era nem mais nem menos ele próprio.

Talvez fosse; em parte ao menos seria ele. Guiomar não tinha um coração tão mau, que lhe não doessem as mágoas de um homem que acertara ou desacertara de a amar. Mas fosse uma, ou fossem muitas as causas daquela preocupação, a verdade é que ela durou muito tempo. Guiomar passou da poltrona à janela, que abriu toda, para contemplar a noite, — o luar que batia nas águas, o céu sereno e eterno. Eterno, sim, eterno, leitora minha, que é a mais desconsoladora lição que nos poderia dar Deus, no meio das nossas agitações, lutas, ânsias, paixões insaciáveis, dores de um dia, gozos de um instante, que se acabam e passam conosco, debaixo daquela azul eternidade, impassível e muda como a morte.

Pensaria nisto Guiomar? Não, não pensou nisto um minuto sequer; ela era toda da vida e do mundo, desabrochava agora o coração, vivia em plena aurora. Que lhe importava, — ou quem lhe chegara a fazer compreender esta filosofia seca e árida? Ela vivia do presente e do futuro e, — tamanho era o seu futuro, quero dizer as ambições que lho enchiam, — tamanho, que bastava a ocupar-lhe o pensamento, ainda que o presente nada mais lhe dera. Do passado nada queria saber; provavelmente havia-o esquecido.

A madrugada achou-a dormindo; mas os primeiros raios do sol vieram acordá-la, na forma do costume, para o matinal passeio com a madrinha. Guiomar sacrificava tudo à dedicação filial de que já dera tantas provas. A baronesa, entretanto, estava preocupada; o passeio foi diferente do dos outros dias.

Ao meio-dia meteu-se Guiomar no carro, com Mrs. Oswald, e saíram a uma visita. A baronesa ficou só; Jorge não a deixou ficar só por muito tempo, porque chegou daí a pouco.

A baronesa não perdeu tempo em circunlóquios. Apenas viu o sobrinho interpelou-o diretamente:

— Disseram-me, foi Mrs. Oswald quem me disse que tu gostas de Guiomar.

Jorge não contava muito com semelhante interrogação; todavia, não era tão ingênuo que corasse, nem tão apaixonado que lhe tremesse a voz. Puxou gravemente os punhos da camisa, concertou a gravata,ᐱ e respondeu singelamente:

— Não me atrevia a falar-lhe destas cousas...

— Por que não? — interrompeu a baronesa; são assuntos que se podem tratar entre mim e ti, sem desar para nenhum de nós. É então verdade o que me disse Mrs. Oswald?

88

— É.

— Amas deveras, ou...

— Deveras. Recuaria, se visse que uma aliança entre nós ficava mal ao lustre de nossa família; mas, posto que ela seja...

— Guiomar é minha filha, apressou-se a dizer a baronesa.

— Justamente; não pode haver melhor título.

— Tem ainda outro, continuou a baronesa; é uma alma angélica e pura. Henriqueta não teve melhor coração nem mais amor aos seus. Além disso, a natureza deu-lhe um espírito superior, de maneira que a fortuna não fez mais do que emendar o equívoco do nascimento. Finalmente é de uma beleza pouco comum...

— Rara, titia, pode dizer que é de uma beleza rara, acudiu Jorge, e pela primeira vez lhe luziu nos olhos alguma cousa, que não era a gravidade de costume.

— Já vês, prosseguiu a baronesa, que ela possui todos os direitos ao amor e à mão de um homem, como tu.

A baronesa tinha um coração ingênuo e liso, sem desvios nem astúcias; contudo, há ocasiões em que o mais reto espírito emprega, como por instinto, finuras diplomáticas. A boa senhora tinha tanto a peito aquela união do sobrinho com a afilhada, que não confiava só do amor; procurava interessar-lhe também o amor-próprio.

Jorge curvou-se com afetada modéstia.

— Um homem, como eu, — disse ele — vale pouco por si mesmo; o valor que tenho, e esse é muito, vem do nome de meus pais e do seu, titia, e das santas qualidades que a adornam...

— Só uma, Jorge, só uma qualidade santíssima: é a de amá-los, a ti e a ela. Por isso foi imenso o gosto que senti quando Mrs. Oswald me disse que gostavas de Guiomar. Acredita que se eu tivesse a fortuna de ver a vocês unidos e felizes, morreria contente.

— Oh! isso! disse Jorge com ar de dúvida.

— Julgas impossível o casamento?

— Impossível, não; impossível, nada há. Mas... mas suponho que a vontade dela é indispensável, tão indispensável como duvidosa.

— Duvidosa! Estás certo disso?

Jorge tinha-se levantado e dera alguns passos, não agitado de todo, mas um pouco fora da impassibilidade usual. A ideia do casamento aparecia-lhe agora um pouco mais possível e exequível, desde que a tia francamente lhe propusesse aliança.

— Estás certo disso? repetiu a baronesa.

— Certo não; mas há toda a razão para a dúvida. Guiomar sabe que eu gosto dela; e contudo não me dá o menor sinal de corresponder aos meus sentimentos.

Jorge expôs longamente todas as razões que tinha para crer que a vontade de Guiomar não correspondia à dele; referiu-lhe, com a maior exação e fidelidade, uns três ou quatro episódios que lhe pareciam boa prova daquilo que dizia. A baronesa não ouvia tudo com igual atenção. Quando ele acabou:

— Guiomar será muito vexada, — disse ela — e às vezes, e por isso mesmo, tem essas aparências frias. Nada impede, porém, a que venha a amar-te, se é que já te não ama. Há nela certa altivez natural, que pode explicar também essa frieza; parece-me que lhe seria penoso receber o amor de alguém que julgasse levantá-la até si.

— Isso, talvez...

— Mas esse sentimento, que pode ser e é honroso, não é decerto invencível.

Todas estas palavras da baronesa lisonjeavam o sobrinho, em cujos lábios pairava agora um sorriso de íntima satisfação. De quando em quando não ouvia ele nada do que lhe dizia a tia; seus ouvidos voltavam-se para dentro; ele escutava-se a si próprio. O amor de Guiomar começava a parecer-lhe possível; tudo quanto a baronesa lhe dizia era razoável, com a vantagem de lhe esclarecer as faces obscuras da situação. Demais, até que ponto a baronesa conjecturava ou revelava? Bem podia ser que ela tivesse lido mais fundo no coração da moça.

Estas reflexões fê-las Jorge, enquanto a baronesa continuava a falar e a desenvolver a ideia que ultimamente indicara. Até aquele dia havia ele limitado toda a sua ação a alguns olhares, e raras palavras de cumprimento; a entrevista com a tia dera-lhe animação; pareceu-lhe chegado o ensejo de sair daquela paz armada.

Guiomar chegou daí a pouco e achou-os na "saleta de trabalho", eufemismo elegante, que queria dizer literalmente — saleta de conversação entremeada de *crochet*. Mrs. Oswald vinha com ela; ambas riam alegremente de não sei que episódio visto no caminho. Jorge erguera-se, pausado mas risonho, apertou a mão de Guiomar, — apertou-a deveras, mais do que era usual e cortês. Guiomar não pareceu afligir-se; perguntou-lhe pela saúde, transmitiu à madrinha as lembranças que lhe mandavam e dispôs-se a sair.

Durante esse tempo, Jorge olhava para ela, enlevado deveras na contemplação de toda aquela nobre figura, agora mais bela que dantes, desde que se lhe tornara possível a aliança há muito sonhada. Havia nos olhos de Jorge uns tais ou quais vestígios lúbricos, donde se podia colher que, se ele fosse poeta, e poeta arcádico, editaria pela milionésima vez a comparação da Vênus e dos seus infalíveis amorinhos; comparação detestável, sobretudo, porque a casta beleza de moça, se alguma cousa pagã lhe podia ser chamada, seria antes Diana convertida ao Evangelho.

Jorge saiu dali singularmente agitado; a conversa da baronesa dera-lhe nervo e resolução, e o quadro do casamento começou a desenhar-se-lhe no espírito, como o relógio que o menino tem de usar pela primeira vez. Até ali deixara-se ele ir à feição das águas; agora via a necessidade e a possibilidade de abicar à riba feliz do matrimônio.

As dúvidas de Estêvão não lhe saltearam o espírito; apenas chegou a casa travou da pena, e lançou na folha branca e lustrosa de seu papel uma confissão elegante e polida, que todavia refundiu duas ou três vezes, primeiro que a desse por pronta. Acabada a redação final, transcreveu aquela prosa do coração na mais nítida folha que havia em casa, — dobrou o escrito e meteu-o na algibeira.

De noite foi à casa da tia. Achou as senhoras à volta de uma mesa; Guiomar lia, para a madrinha ouvir, um romance francês, recentemente publicado em Paris e trazido pelo último paquete. Mrs. Oswald lia também, mas para si, um grosso volume de Sir Walter Scott, edição Constable, de Edimburgo.

Jorge veio interrompê-las um pouco, mas só interromper, porque a leitura continuou logo depois, ajudando ele próprio a Guiomar naquela filial tarefa. Veio o chá, veio depois a hora de recolher, e a baronesa deu por findo o serão, ainda que o livro estava quase findo.

— Um capítulo mais, aventurou Jorge com o livro aberto nas mãos.

A baronesa sorriu e voltou os olhos para Guiomar, a cuja conta lançou aquela dedicação do sobrinho; recusou contudo, por estar a cair de sono.

— Eu é que não me deito sem saber o resto, declarou Guiomar; levo o livro comigo.

— Ah! disse Jorge com um gesto de satisfação.

E enquanto Guiomar se dispunha a acompanhar a madrinha até à porta do quarto, e Mrs. Oswald marcava a página e fechava o seu livro, Jorge igualmente fechava o outro, mas com tal demora e cuidado, que deu muito que entender à inglesa. Se ela chegou a entender, vê-lo-emos depois; o certo é que o livro foi enfim entregue a Guiomar, tendo a página marcada, não com a fita que lá estava pendente, mas com um pedacinho de papel.

O pedacinho de papel era a carta; apenas uns poucos centímetros de altura; mas por mais exíguas que tivesse as dimensões, bem podia ser que levasse ali dentro nada menos que uma tempestade próxima.

X.
A revelação

Meia hora depois, indo a abrir o livro para continuar a leitura, viu Guiomar a cartinha de Jorge. Não tinha sobrecarta; era um simples papelinho dobrado, recendendo a amores. O espírito de Guiomar estava tão longe daquilo que não suspeitou nada e distraidamente o abriu. A primeira palavra escrita era o seu nome; a última era o de Jorge.

O primeiro gesto de Guiomar foi de cólera. Se ele pudesse espreitá-la pelo buraco da fechadura, e ver-lhe a expressão do rosto, é mui provável que se lhe convertesse em aborrecimento todo o amor que até agora nutria. Mas ele não estava ali, a moça podia traduzir fielmente no rosto os movimentos do coração.

— Mais um, pensou ela; este porém...

E desta vez o gesto não foi de cólera, foi de alguma cousa mais, metade fastio, metade lástima, mescla difícil e rara.

A moça ficou algum tempo quieta, a olhar para o papel, sem o querer ler, como a hesitar entre queimá-lo ou restituí-lo intacto a seu autor. Mas a curiosidade venceu por fim; Guiomar abriu o papel e leu estas linhas:

"Guiomar! Perdoe-me se lhe chamo assim; as convenções sociais condenam-me decerto, mas o coração aprova, que digo? ele mesmo escreve estas letras. Não é a minha pena, não são os meus lábios que lhe falam deste modo, são todas as forças vivas da minha existência, que em alta voz proclamam o imenso e profundo amor que lhe tenho.

Antes de o ler neste papel, já a senhora o há de ter visto, pelo menos adivinhado nos meus olhos, na doce embriaguez que em mim produz a presença dos seus. Persuado-me de que todo o meu esforço em recalcar este afeto é vão; por mais que eu sinceramente deseje esquecê-la, não o alcançarei nunca; não alcançarei mais que uma aflição nova. O remorso de o tentar virá coroar os demais infortúnios.

Por que razão rompo hoje o silêncio em que me tenho conservado, medroso e respeitoso silêncio que, se me não abre o caminho da glória, ao menos conserva-me a palma da esperança? Nem eu mesmo saberia responder-lhe; falo, porque uma força interior me manda falar, como transborda o rio, como se derrama a luz; falo porque morreria talvez se me calasse, do mesmo modo que morrerei de desespero, se além do perdão que lhe peço, me não der uma esperança mais segura do que esta, que me faz viver e consumir. — JORGE."

Guiomar leu esta carta duas vezes, uma leitura de curiosidade, outra de análise e reflexão, e ao cabo da segunda achava-se tão fria como antes da primeira. Olhou algum tempo para o papel e mentalmente para o homem que o havia escrito; enfim, pôs a carta de lado, abriu o livro e continuou o romance.

Mas o espírito, que não ficara tão indiferente como o coração, entrou a fugir-lhe do romance para a vida, com tal tenacidade que não houve remédio senão irem os olhos atrás dele, e a moça de novo mergulhou nas reflexões que lhe sugeria o caso da paixão de Jorge.

Paixão não era, — não o seria ao menos no sentido inteiro do vocábulo; mas alguma cousa menos, ou parecida com ela, e ainda assim verdadeira, via bem Guiomar que o poderia ser. Até que ponto chegaria entretanto, o seu adorador, se ela o desatendesse logo; e, dado o amor que a baronesa tinha ao sobrinho, até que ponto a recusa iria magoá-la? Guiomar varreu do espírito os receios que lhe nasciam de tais interrogações; mas sentiu-os primeiro, pesou-os antes de os arredar de si, o que revelará ao leitor em que proporção estavam nela combinados o sentimento e a razão, as tendências da alma e os cálculos da vida.

Excluído o receio, voltou-lhe o riso, aquele riso interior, que é o mais involuntário e cruel, e também o menos arriscado que a gente pode dar às fatuidades humanas. Não podia ser tão desprezível assim o amor de um homem, cuja ridiculez compensavam algumas qualidades boas, e que enfim era também distinto, ainda que a sua distinção primasse antes por um estilo rendilhado e complicado, que não é o melhor. Guiomar via tudo isso, e por outro lado, não podia obstar que ele a amasse; nem por isso achava menos temerária aquela confissão.

A moça refletia também na posição especial que tinha naquela casa o sobrinho da baronesa; via-se obrigada à presença dele, e talvez à luta, porque o pretendente não recuaria do primeiro golpe. Não havia tais receios da parte de Estêvão; ela reconhecia que a paixão deste era ardente e profunda, e por isso mais capaz de desatinos; mas comparava as índoles dos dous homens, e se ambos lhe pareciam de fraca compleição moral, nem por isso desconhecia que ao bacharel faltava certa presunção que distinguia o outro, e com a qual teria talvez de pelejar.

Quando ela fez esta comparação entre os dous homens, ficaram-lhe os olhos um pouco mais moles e quebrados, obra de três minutos apenas, mas três minutos que, se Estêvão soubera deles, trocaria por eles o resto de toda a vida. E contudo, não era amor nem saudade; alguma simpatia, sim, ainda que leve e sem consequência; mas sobretudo era pena de o não poder amar, — ou ainda melhor — era lástima de que tal coração não fora casado a outro espírito.

Guiomar refletiu ainda muito e muito, e não refletiu só, devaneou também, soltando o pano todo a essa veleira escuna da imaginação, em que todos navegamos alguma vez na vida, quando nos cansa a terra firme e dura, e chama-nos o mar vasto e sem praias. A imaginação dela porém não era doentia, nem romântica, nem piegas, nem lhe dava para ir colher flores em regiões selváticas ou adormecer à beira de lagos azuis. Nada disso era nem fazia; e por mais longe que velejasse levaria entranhadas na alma as lembranças da terra.

Volveu enfim e os olhos caíram-lhe na carta. A realidade presente não se lhe podia mostrar de pior modo. Guiomar ergueu-se irritada, lançou mão do papel e machucou-o febrilmente; ia talvez rasgá-lo, quando ouviu bater de manso à porta.

— Quem é? perguntou.

— Sou eu, respondeu a voz de Mrs. Oswald.

A moça foi abrir a porta; a inglesa entrou, trajada de dormir, e um vivo espanto nos olhos, que pareceu tirar-lhe a voz durante alguns segundos. Guiomar assustada perguntou:

— Que é? aconteceu alguma cousa a minha madrinha?

— Longe vá o agouro! exclamou a inglesa. Não lhe aconteceu nada; a senhora baronesa dorme naturalmente a sono solto. Venho porque do meu quarto pareceu-me ouvir rumor de passos aqui, e depois vi luz. Pensei que tivesse algum incômodo. Mas, pelo que vejo, continuou a inglesa deitando os olhos para a mesinha em que pousava o livro aberto, — pelo que vejo ainda não acabou de ler o seu romance...

— Não li ainda uma linha, depois que me recolhi, respondeu Guiomar cravando os olhos no rosto da inglesa, como tomada de um pensamento súbito.

— Deveras!

— Li outra cousa, continuou a moça; li este papel.

Mrs. Oswald inclinou-se para ler também o papel, que aliás adivinhou qual fosse; Guiomar atirou-o sobre a mesa.

— Não precisa, disse ela; é uma declaração amorosa.

— De quem? perguntou a inglesa abrindo uns olhos espantados e obedientes.

— Leia o nome.

Mrs. Oswald leu a assinatura da carta, que a moça de novo lhe apresentava.

— Naturalmente, continuou Guiomar, há nisto obra sua...

— Minha! interrompeu a outra um pouco mais rispidamente do que costumava falar.

Guiomar tinha ido sentar-se; o pezinho impaciente batia no tapete, com um movimento rápido e regular; cruzara os braços sobre o peito, fitando a inglesa com uns olhos em que se podia ler a viva exacerbação do espírito. Seguiu-se curto silêncio; Mrs. Oswald puxou outra cadeira e sentou-se perto da moça.

— Por que há de ser injusta comigo? disse ela dando à voz um tom melífluo e suplicante; por que não há de ver as cousas, como elas naturalmente são? O que há nisto é uma coincidência curiosa, mas nada mais. Se lhe falei em semelhante cousa algumas vezes, foi porque eu mesma percebi o amor que lhe tem o Sr. Jorge; é cousa que todos veem. Imaginei que o casamento, neste caso, seria agradável à Sra. baronesa a quem sou grata. Posso ter feito mal...

— Muito mal, interrompeu Guiomar; são cousas de família em que a senhora nada tem que ver.

Guiomar levantou-se outra vez, deu alguns passos, e voltou a sentar-se. Com o movimento desprenderam-se-lhe os cabelos e caíram-lhe sobre os ombros. Mrs. Oswald aproximou-se dela para os colher e atar, mas a moça secamente a repeliu:

— Deixe, deixe...

E ela mesma os recompôs com as suas mãozinhas finas, e ficou depois a olhar para o chão, a morder o lábio, a respirar fortemente, como se contivera a palavra que forcejava por sair impetuosa e colérica. Mrs. Oswald não disse nada durante alguns minutos; esperou que passasse o período agudo da irritação. Quando lhe pareceu que ela afrouxava, rompeu enfim o silêncio.

— Fiz mal, fiz,ᴬ não há dúvida, mas a intenção não podia ser melhor. Talvez não me creia; paciência! O que lhe peço, — nem lhe peço, — o que eu acredito piamente é que não me há de atribuir algum interesse de ordem...

Mrs. Oswald fez uma pausa para dar aberta ao protesto de Guiomar, mas Guiomar não protestou, quero dizer não protestou de viva voz; fez apenas um gesto negativo, bastante a satisfazer os melindres da inglesa. A moça foi sincera; não atribuía realmente a nenhum interesse vil, — pecuniário, — a ação de Mrs. Oswald. Nem por isso a absolvia, — não só porque ela viria concorrer talvez para uma crise penosa, mas também, — bom é notá-lo outra vez, — porque a condição da inglesa naquela casa era relativamente inferior.

A inglesa continuou a falar em defesa própria, a justificar miudamente os bons sentimentos do coração, e a prometer que deixava por mão todo aquele negócio, a seu juízo, o melhor que a moça podia fazer.

— A experiência da vida, concluiu ela, devia ter-me convencido de que o melhor de todos os sentimentos é um egoísmo quieto e calado.

Enquanto ela falava assim, Guiomar parecia volver à tranquilidade habitual. A mudança foi, — não súbita, — mas um pouco mais rápida do que devera ser, tratando-se de um espírito, como o dela, em que as impressões não eram superficiais nem momentâneas. Havia até uns toques de afabilidade no rosto e na voz, quando ela começou a falar, o que revelaria talvez ser aquela mudança muito voluntária e meditada.

— Está bom, Mrs. Oswald, o que passou, passou. Sinto que as cousas chegassem a este ponto, e que ele se lembrasse de escrever semelhante carta, confessando uma paixão que acredito sincera, mas a que o meu coração não pode corresponder. Amores não se encomendam como vestidos; sobretudo não se fingem, ou não se devem fingir nunca.

— Oh! decerto!

— Eu gosto dele, como parente que é de minha madrinha, e também porque ela lhe tem afeição de mãe, como a mim; somos uma espécie de irmãos, nada mais.

— Tem muita razão, assentiu Mrs. Oswald. A senhora pensa e fala como um doutor. Que se lhe há de fazer? Quem não ama não ama. Dele é que eu tenho pena!

— Gosta muito de mim, não? perguntou Guiomar fitando os olhos na inglesa.

— Oh! parece que sim! A senhora deve sabê-lo tanto como eu; eu sei o que tenho visto, e creio que é muito.

— Eu nunca vi nada, respondeu secamente Guiomar.

A resposta de Mrs. Oswald foi um sorriso de incredulidade, que a outra não viu ou não quis ver. Houve uma pausa; Guiomar continuou nestes termos:

— Mas seja como for, a minha resposta é negativa. Estou que ele não me fará a injúria de querer casar comigo, sem que eu o ame...

Guiomar parou, como a esperar, que a outra lhe dissesse alguma cousa. Desta vez coube a Mrs. Oswald não responder nada, nem com a voz nem com o gesto. A moça inclinou o corpo, pôs os braços sobre os joelhos, com os dedos cruzados, e entre um riso amável e um olhar afetuoso, continuou:

— A senhora podia, se acaso ele alguma vez lhe falou nisso ou vier a falar-lhe, podia dissuadi-lo de tais ideias, dizendo-lhe simplesmente, a verdade e dando-lhe conselhos, os conselhos que a senhora há de saber dar, e que ele aceitará decerto, porque é um bom coração, um caráter estimável...

— Oh! excelente! um moço excelente!

E as duas ficaram a olhar uma para a outra, Guiomar a sorrir, mas de um sorriso, que era uma contração voluntária dos músculos, e a inglesa a fazer um rosto de piedade, e adoração, e pena, e muita cousa junta, que a moça só começou a compreender, quando ela rompeu o silêncio deste modo:

— Estou a duvidar se devo dizer-lhe o resto.

— O resto? perguntou Guiomar admirada. Pois que há mais?

A inglesa aproximou a cadeira. Guiomar endireitou o busto e esperou ansiosa a revelação, — se revelação era, — que lhe ia fazer Mrs. Oswald. Esta não falou logo; era razoável hesitar um pouco, lutar consigo mesma, antes de dizer alguma cousa. Enfim, com um movimento de quem ajunta as forças todas e as emprega em cousa superior à coragem usual:

— D. Guiomar, disse ela, pegando-lhe nas mãos, ninguém pode exigir que se case sem amar o noivo; seria na verdade uma afronta. Mas o que lhe digo é que o amor que não existe por ora, pode vir mais tarde, e se vier, e se viesse, seria uma grande fortuna...

— Mas acabe, acabe, interrompeu a moça com impaciência.

— Seria uma grande fortuna para a senhora, para ele, ouso dizer que para mim, que os estimo e adoro, mas sobretudo para a Sra. baronesa.

— Como assim? disse Guiomar.

— Oh! para ela seria a maior fortuna da vida, porque é hoje o seu mais entranhado e vivo desejo, o seu desejo verdadeiramente da alma. A senhora...

— Está certa disso?

— Certíssima.

— Não creio, não vejo nada que...

— Creia, deve crer. Se me promete nada dizer desta nossa conversa, nem fazer suspeitar por nenhum modo o que lhe estou contando...

— Fale.

— Pois bem, — continuou Mrs. Oswald abaixando a voz, como se alguém pudesse ouvi-la na solidão daquela alcova, e no silêncio^A profundo daquela casa, que toda dormia, — pois bem, eu lhe direi que por ela mesma tive notícia deste seu desejo. Quando eu percebi a paixão do Sr. Jorge, falei nisso a sua madrinha, gracejando na intimidade que ela me permite, e a senhora baronesa em vez de sorrir, como eu esperava que fizesse, ficou algum tempo pensativa e séria, até que rompeu nestas palavras: "Oh! se Guiomar gostasse dele e viessem a casar-se, eu seria completamente feliz. Não tenho hoje outra ambição na terra. Há de ser a minha campanha".

— Minha madrinha disse isso? perguntou Guiomar.

— Tal qual. A resposta que lhe dei foi que o casamento não era impossível, e que nada mais natural do que virem a amar-se duas pessoas a princípio indiferentes. O amor nasce muita vez do costume.

Guiomar já mal ouvia o que lhe estava dizendo a inglesa; se ainda olhava para ela, era com os olhos indecisos e empanados, de quem vai toda absorvida em pensamentos íntimos.

— Foi desde esse dia, continuou Mrs. Oswald, que me pareceu conveniente falar-lhe algumas vezes nisso, sondar-lhe o coração, ver se ele favorecia o sonho de sua madrinha, tornando feliz toda esta casa... Fiz mal, convenho; mas a intenção era a mais respeitável e santa deste mundo.

— Decerto, murmurou Guiomar.

Mrs. Oswald pegou-lhe numa das mãos e beijou-a afetuosamente. Guiomar não a repeliu nem sequer pareceu dar-se-lhe da ternura da inglesa. As duas olharam-se uns breves minutos, sem dizer nada, como a lerem na alma uma da outra.

Guiomar não tinha a experiência nem a idade da inglesa, que podia ser sua mãe; mas a experiência e a idade eram substituídas, como sabe o leitor, por um grande tino e sagacidade naturais. Há criaturas que chegam aos cinquenta anos sem nunca passar dos quinze, tão símplices, tão cegas, tão verdes as compõe a natureza; para essas o crepúsculo é o prolongamento da aurora. Outras não; amadurecem na sazão das flores; vêm ao mundo com a ruga da reflexão no espírito, — embora, sem prejuízo do sentimento, que nelas vive e influi, mas não domina. Nestas o coração nasce enfreado; trota largo, vai a passo ou galopa, como coração que é, mas não dispara nunca, não se perde nem perde o cavaleiro.

O que a afilhada da baronesa buscava ler no rosto de Mrs. Oswald era se efetivamente a madrinha nutria aquele desejo, ou se tal revelação não era mais do que um embuste. O leitor sabe que era verdadeira; mas admitirá, sem dúvida, que a moça só depois de muito interrogar e examinar lhe desse fé. Creu enfim; creu, porque era verossímil, creu porque a inglesa não se arriscaria a qualquer indiscrição da parte dela, que de todo a desmascararia.

— Parece-me, disse Mrs. Oswald, que não fiz mal em lhe dizer tudo o que sabia. Conselhos não lhe dou nenhuns; o melhor deles não vale a voz do próprio coração. O seu é puro e reto; consulte-o de boa vontade, e verá se há nele indiferença, ou se alguma faísca...

— Eu sei! interrompeu Guiomar. Não me lembrou consultá-lo nunca.

— Faz mal, ele é o relógio da vida. Quem o não consulta, anda naturalmente fora do tempo. Mas que vejo! continuou Mrs. Oswald deitando os olhos para o reloginho de Guiomar. Naquele outro relógio faltam dez minutos para uma hora! Uma hora! Que diria a Sra. baronesa se soubesse que ainda estamos aqui de conversa! Retiro-me; Deus lhe dê um sono sossegado, e sobretudo a faça feliz, como merece. Não lhe recomendo juízo, porque o tem de sobra. Adeus, até amanhã.

E Mrs. Oswald saiu pé ante pé em direção ao seu quarto.

Guiomar ficou só, ali sentada ao pé da cama, a ouvir o passo surdo, e cauteloso da inglesa. Quando o som morreu de todo, e o silêncio da noite volveu ao que era, profundo e sepulcral, a moça deixou cair os braços na cama, e a cabeça nas mãos, e um suspiro desentranhou-se-lhe do peito, longo, ruidoso, magoado, — o primeiro que o leitor lhe ouve desde que a conhece, — e enfim estas palavras arrancadas da alma, tão doloridas, — ia dizer tão lacrimosas, — vinham elas:

— Oh meus sonhos! meus sonhos!

Não chorou; a alma dela era das que não têm lágrimas, enquanto lhe restam forças. Os olhos estavam secos e firmes quando ela os ergueu das mãos; o rosto tinha vestígios do abalo, mas não havia nele desânimo, menos ainda desespero.

XI.

Luís Alves

Durante uma inteira e comprida semana, deixou Estêvão de aparecer no escritório onde trabalhava com Luís Alves; não apareceu também em Botafogo. Ninguém o viu em todo esse tempo nos lugares onde ele era mais ou menos assíduo. Foram seis dias, não digo de reclusão absoluta, mas de completa solidão, porque ainda nas poucas vezes que saiu, fê-lo sempre a horas ou em direções que a ninguém via, e de ninguém era visto.

Mas não fora essa crua e malfadada crise, e é quase certo que ele meteria uma lança na África daqueles dias, que era um ponto muito sério e grave, a questão magna da rua do Ouvidor e da casa do José Tomás,[10] a ponderosa, crespa e complicada questão de saber se a Steffanoni[11] estrearia no *Ernani*. Esta questão, de que o leitor se ri hoje, como se hão de rir os seus sobrinhos de outras análogas puerilidades, esta pretensão

10. Confeitaria localizada na rua do Ouvidor, chamada de "casa do José Tomás" em referência a um de seus fundadores. Inicialmente chamava-se Confeitaria do Leão, sob a administração de José Tomás Carceller e H. Fournier, passando em 1855 à condução da viúva Carceller e de João Gonçalves Guimarães. Em 1860, começa a funcionar em mais um endereço, na rua Direita. É nesse local que a casa se torna famosa como o Café Carceller. [LS]

11. Cantora lírica italiana de renome que esteve em temporada no Rio de Janeiro, Balbina Steffanoni (1825-96) apresentou-se duas vezes em 1856 no teatro Lírico com a peça *Ernani* (1844), de Giuseppe Verdi, tendo recebido uma acolhida negativa do público. Segundo os jornais daquele ano, o caso teria gerado constrangimento entre a direção do teatro e a cantora, levando à rescisão de seu contrato com a companhia. [LS]

a que se opunha a Lagrua, alegando que o *Ernani* era seu, pretensão que fazia gemer as almas e os prelos daquele tempo, era cousa muito própria a espertar os brios do nosso Estêvão, tão marechal nas cousas mínimas, como recruta nas cousas máximas.

Infelizmente ele não aparecia, não sabia sequer do conflito e do debate, ocupado como estava em travar o áspero e sangrento duelo do homem contra si mesmo, quando lhe falta o apoio, ou a consolação dos outros homens. Todo ele era Guiomar; Guiomar era o primeiro e o último pensamento de cada dia. A sombra da moça vivia ao pé dele e dentro dele, no livro em que lia, na rua solitária onde acaso transitava, nos sonhos da noite, nas estrelas do céu, nas poucas flores de seu inculto jardim.

Um leitor perspicaz, como eu suponho que há de ser o leitor deste livro, dispensa que eu lhe conte os muitos planos que ele teceu, diversos e contraditórios, como é de razão em análogas situações. Apenas direi por alto que ele pensou três vezes em morrer, duas em fugir à cidade, quatro em ir afogar a sua dor mortal naquele ainda mais mortal pântano de corrupção em que apodrece e morre tantas vezes a flor da mocidade. Em tudo isto era o seu espírito apenas um joguete de sensações contínuas e variadas. A força, a permanência do afeto não lhe bastava a dar seguimento e realidade às concepções vagas de seu cérebro, — enfermo, ainda quando estava de saúde.

A ideia do suicídio fincou-se-lhe mais adentro no espírito, certa tarde em que ele saiu a espairecer, e viu um enterro que passava, caminho do Caju. O préstito era triste, — ainda mais triste pela indiferença que se lia no rosto dos que iam piedosamente acompanhando o morto. Estêvão descobriu-se e sinceramente desejou ir ali dentro, metido naquelas estreitas tábuas de pinho, com todas as suas dores, paixões e esperanças.

— Não tenho outro recurso, pensou ele; é necessário que morra. É uma dor só, e é a liberdade.

Ao voltar para casa, uma criança que brincava na rua, em camisa, com os pés na água barrenta da sarjeta, fê-lo parar alguns instantes, invejoso daquela boa fortuna da infância, que ri com os pés no charco. Mas a inveja da morte e a inveja da inocência foram ainda substituídas pela inveja da felicidade, quando ao recolher-se viu as janelas abertas de uma casa vizinha, e a sala iluminada, e uma noiva coroada de flores de laranjeira, a sorrir para o noivo, que sorria igualmente para ela, ambos com o sorriso indefinível e único da ocasião.

Os cinco dias correram-lhe assim, travados de enojo, de desespero, de lágrimas, de reflexões amargas, de suspiros inúteis, até que raiou a aurora do sexto dia, e com ela, — ou pouco depois dela, uma carta de Botafogo. Estêvão quando viu o criado da baronesa, à porta da sala, com uma carta na mão, sentiu tamanho alvoroço, que não ouviu nada do que ele lhe disse. Suporia que a carta era de Guiomar? Talvez; mas a ilusão durou os poucos instantes que ele gastou em romper a sobrecarta e desdobrar a folha de papel que vinha dentro.

A carta era da baronesa.

A baronesa perguntava-lhe graciosamente se ele havia morrido, e pedia que fosse falar-lhe acerca da demanda que ela trazia. Estêvão chegara já ao estado de só esperar um pretexto para transigir consigo mesmo;

não podia havê-lo melhor. Escreveu rapidamente duas linhas de resposta, e à uma hora da tarde apeava-se de um tílburi à porta da funesta e deliciosa casa, onde havia passado as melhores e as piores horas da vida.

— Sabe por que razão lhe dei este incômodo, além do prazer que tinha em vê-lo? perguntou a baronesa logo depois dos primeiros cumprimentos.

— Disse-me que era por causa da demanda...

— Sim, precisamos assentar algumas cousas, antes da nossa partida.

— V. Exa. sai da corte?

— Vamos para a roça.

Estêvão empalideceu. Na situação dele, aquela viagem era a melhor cousa que lhe podia acontecer; contudo, fez-lhe mal a notícia. A conversa que se seguiu foi toda sobre o assunto forense, e durou uma longa hora, sem que aparecesse Guiomar. Ao despedir-se atreveu--se Estêvão a perguntar por ela.

— Anda passeando, respondeu a baronesa.

Estêvão despediu-se da constituinte, que o acompanhou até à porta da sala, repetindo-lhe algumas recomendações, que o advogado mal pôde ouvir e absolutamente lhe não ficaram de memória.

A esperança de ver a moça levara-o, mais que tudo, àquela casa; saía sem ter o gosto de a contemplar ainda uma vez; mais do que isso, ameaçado de a não ver tão cedo, ou quem sabe se nunca mais. Ia ele a refletir nisto e a aproximar-se da porta, onde parava ao mesmo tempo um carro. Estêvão estremeceu naturalmente, antes de ver quem ia apear-se; grudou-se ao portal, com os olhos fitos na portinhola, que um lacaio abria apressadamente.

A primeira figura que desceu foi a nossa conhecida Mrs. Oswald, que o fez, sem dar tempo a que Estêvão lhe oferecesse a mão. O bacharel, desde que a vira, aproximara-se rapidamente da portinhola.

Guiomar desceu logo depois. A mão apertada na luva cor de pérola pousou levemente na mão de Estêvão que estremeceu todo. A moça fez-lhe um cumprimento risonho, murmurou um agradecimento e recolheu-se com a inglesa. Era pouco; mas esse pouco alvoroçou o bacharel, que enfiou dali para a cidade, em direção ao escritório.

Luís Alves admirou-se de o ver; não foi com um espanto de seis dias, como devera ser, mas de quarenta e oito horas, quando muito. Que admira? A preocupação de Luís Alves por aqueles dias era a candidatura eleitoral; a boa nova devia chegar-lhe na primeira mala do Norte. Ora, em boa razão, um homem que está prestes a ser inscrito nas tábuas do parlamento, não pode cogitar muito dos amores de um rapaz, ainda que o rapaz seja amigo e os amores verdadeiros.

Estêvão não perdeu tempo em circunlóquios; foi entrando e entornando a alma toda, aflita e consolada a um tempo, no seio do velho amigo e companheiro. A cada trecho da confissão plena que ele ali lhe fez, respondia um comento, ora sério, ora gracioso de Luís Alves. Quando Estêvão porém lhe deu notícia de que a família da baronesa ia para a roça, Luís Alves recolheu o meio-riso que lhe pousava nos lábios desde começo, e com a mais súbita e sincera admiração, exclamou:

— Para a roça!

— Disse-o agora mesmo a baronesa.

— Mas...

110

Luís Alves não acabou; olhou ainda meio duvidoso para Estêvão, e ficou algum tempo calado, a coçar o queixo com a faca de marfim e a olhar para uma gravura que pendia na parede fronteira.

— Na situação em que estou, continuou Estêvão, hás de dizer que a viagem é uma felicidade para mim. Pois não é; não admito a viagem. Se ela sair da corte, eu saio também.

— Tu estás doudo!

— Talvez.

Luís Alves saiu daquela natural indiferença com que o ouvia, e lhe falava sempre em tal assunto. Falou-lhe carinhoso, — talvez pela primeira vez na vida. O que lhe disse foi apenas uma edição aumentada do que lhe havia dito[A] em anteriores ocasiões, — agora com maior fundamento, porque depois do formal desengano de Guiomar, não havia outro recurso mais que ir esquecê-la de todo.

— Oh! isso nunca! interrompeu Estêvão. Demais, não sei, não estou certo se ela falava de coração naquela tarde...

A candidez com que Estêvão disse isto era a fiel tradução de seu espírito, e a razão de tais palavras, não a procure o leitor em outra parte mais que não seja aquele sorriso de há pouco, ao pé do carro, sorriso que lhe bailava no cérebro, como raio de sol coado por entre nuvens negras de tempestade.

Luís Alves sacudiu a cabeça e enfiou os olhos pelas folhas rabiscadas de uns autos que tinha diante, e que entrou a folhear vagarosamente. Súbito, bateu uma pancadinha, com a mão espalmada sobre os papéis, e levantou a cabeça:

— Há um meio talvez de saber tudo, disse ele, de saber se ela verdadeiramente te ama, ou... Posso tentá-lo, com uma condição.

— Qual?

— A condição de eliminares as tuas pretensões. Que diabo ganhas tu em nutrir uma paixão sem eficácia nem remédio?

Esta promessa era a mais dura que se podia arrancar de um coração, em que as gerações de esperanças se sucediam quase sem solução de continuidade; fê-la, todavia, Estêvão, talvez com a secreta resolução de a trair.

Luís Alves ficou só daí a alguns minutos. As últimas palavras que disse ao colega foram duas ou três pilhérias de rapaz; mas apenas ficou só tornou-se sério, e inclinando o corpo para a frente, com os braços na secretária, e a raspar as unhas com um canivete, ali esteve largo tempo, como a refletir, longe de Estêvão, que aliás já não ia perto, e ainda mais longe dos autos que tinha diante de si. Mas em que pensava ele, se não era em Estêvão, nem nos autos, nem também, por agora, nas suas esperanças eleitorais? Paciência, leitor; sabê-lo-ás daqui a nada. Contenta-te com a notícia de que, ao cabo de vinte minutos daquela abstração, Luís Alves volveu a si, proferindo em alta voz esta simples palavra:

— Não há dúvida; é uma ambiciosa.

E descativado daquela preocupação, enterrou-se de todo na leitura dos autos.

XII.

A viagem

Mal recomeçara Luís Alves a leitura dos autos, entrou no gabinete o criado apresentando-lhe um bilhete de visita.

— Que entre! disse o advogado lendo o nome do sobrinho da baronesa.

E logo se ouviu no corredor o passo medido e lento do mancebo, que daí a nada assomava à porta do gabinete, fazendo uma cortesia, sisuda, mas graciosa.

— Venho incomodá-lo, doutor? perguntou Jorge.

— Pelo amor de Deus! exclamou o advogado erguendo-se e indo buscá-lo à porta. Não me incomodaria em caso nenhum; agora, sobretudo, que a leitura de uns papéis me fatigou sobremaneira, a maior fortuna que eu poderia desejar é a presença de um homem de espírito.

Jorge agradeceu este cumprimento um pouco enfático, e retribuiu-o com outra lisonjaria muito mais extensa e de maior alcance. Quer dizer que ele vinha pedir alguma cousa. Efetivamente, passados os minutos de introito e desfiadas as generalidades, Jorge empertigou-se mais do que até ali estivera e desfechou esta pergunta abrupta:

— Sabe que venho pedir-lhe uma cousa grave?

Luís Alves inclinou-se.

— Grave e simples ao mesmo tempo, continuou o sobrinho da baronesa; mas antes disso precisava saber se é tão amigo da nossa família, como ela o é do senhor.

— Oh! decerto!

— O senhor é o menos assíduo, talvez, das pessoas que lá vão, apesar de vizinho; só agora o vejo ali mais a miúdo; entretanto é como flor que se trai pelo aroma; minha tia tem a seu respeito a melhor opinião do mundo; acha-lhe uma gravidade, e eu também a sinto, e nem compreendo que um homem possa ser outra cousa. Os tais espíritos fúteis...

— São insuportáveis, concluiu Luís Alves ansioso por chegar ao objeto da visita.

O objeto era a viagem da baronesa. Um comendador, amigo do finado barão, e fazendeiro em Cantagalo, tinha promessa da viúva, havia dous anos, de ir lá passar algum tempo. A baronesa esquivara-se sempre a cumprir a palavra dada; agora porém, tal fora a insistência, que se resolvera a ir. Ora, o que Jorge vinha propor era, — expressões dele, — uma conjuração de amigos para dissuadir a tia daquele projeto. Afiançava ao advogado que, ainda descoberta a conjuração, teria ele a vida sã e salva.

Luís Alves supôs a princípio que aquilo era um simples pretexto; mas, tendo observado que a bela Guiomar não era indiferente ao rapaz, compreendeu que este tinha na conjuração proposta, um interesse inteiramente pessoal. Enfim, Jorge chegou a confessar que, se a tia insistisse em sair da corte, ele não tinha remédio senão acompanhá-la.

O acordo não foi difícil; ficou assentado que fariam todos os esforços para dissuadir a baronesa. Jorge quis sair logo; reteve-o Luís Alves algum tempo mais, com expressões de louvor habilmente tecidas e mais habilmente encastoadas na conversação; e também deixando-se ir à feição do espírito dele, aceitando-lhe as ideias e os preconceitos, e aplaudindo-os discretamente, — sério, quando eles o eram ou pareciam ser, — chocarreiro quando vinham com ar de graça, — respondendo enfim a todos os gestos e meneios do outro, como faz o espelho por ofício e obrigação: — toda a arte em suma de tratar os homens, de os atrair e de os namorar, que ele aprendera cedo e que lhe devia aproveitar mais tarde na vida pública.

De noite foi Luís Alves à casa da baronesa, onde poucas pessoas havia, todas de intimidade. A dona da casa, sentada na poltrona do costume, tinha ao pé de si uma senhora da mesma idade que ela, igualmente viúva, e defronte as suíças brancas e aposentadas de um ex-funcionário público. Num sofá, viam-se Mrs. Oswald e Jorge a conversarem em voz, ora muito baixa, ora um pouco mais elevada. Adiante, dous moços contavam a duas senhoras o enredo da última peça do Ginásio. Mais longe, uma moça da vizinhança gabava a outra a tesoura de Mme. Bragaldi,[12] que pedia meças, dizia ela, ao pincel do cenógrafo, seu marido. Enfim, junto a uma das janelas via-se uma mocinha, viva e bonita, a dizer mil ninharias graciosas a outra pessoa, que era nada menos que a nossa conhecida Guiomar. A conversa, assim dividida, tornava-se às vezes geral, para recair logo no particularismo anterior;

12. Romilda Bragaldi, famosa modista e figurinista das encenações líricas da época, tendo trabalhado no teatro Lírico. Foi proprietária da loja À la Ville de Naples, em funcionamento entre 1856 e 1858 na rua do Ouvidor. Esteve no Brasil entre 1854 e 1861, com o marido Mario Bragaldi (1808-73), arquiteto, pintor e cenógrafo italiano que se celebrizou por seu trabalho na cena teatral fluminense e por decorar salas do palácio imperial da Quinta da Boa Vista. [LS]

os grupos modificavam-se também de quando em quando, do mesmo modo que o assunto, e assim se iam matando agradavelmente as horas, que não resistiam, coitadas, nem apressavam o passo um minuto sequer.

Luís Alves agregara-se ao grupo da baronesa, ao qual não tardou juntar-se Jorge. O advogado teve a discrição de esperar que o assunto viesse de si, se viesse, ou de o introduzir na conversa, quando lhe parecesse de feição. Mas Jorge, que estava impaciente, arrastou o assunto ao debate. Luís Alves, mostrou-se fiel à palavra dada; declarou amavelmente que se opunha à viagem, como vizinho e amigo, que reclamaria em último caso o auxílio de força pública; que era um erro e um crime deixar aquela casa viúva da benevolência e da graça e do gosto e de todas as mais qualidades excelentes que ali iam achar os felizes que a frequentavam; que, enfim, o mal era tamanho, que não deixaria de ser pecado, posto não viesse apontado nos catecismos, e como pecado, seria de força punido, com amargas penas, no outro século, pelo que, e o mais dos autos, era sua decisão que a baronesa devia ficar.

Todas estas razões foram ditas como deviam de ser, de um modo galante e folgazão, a que a baronesa respondia igualmente, e que não daria nada mais de si, se Luís Alves, mudando de estilo, não fosse pôr o assunto em diferente terreno.

— Digamos a verdade, Sra. baronesa, a viagem há de ser-lhe imensamente incômoda, se for só isso; suas forças não são decerto iguais às de seus primeiros anos; sua saúde é melindrosa e não poderá sofrer tanta fadiga. Confesso que falo em nome de certo interesse pessoal de amigo e de vizinho; mas a principal razão não é essa. Se houvesse um motivo urgente, bem; mas tratando-se apenas de uma promessa feita há tanto tempo, seria crueldade da minha parte não insistir que ficasse.

A baronesa defendia-se, e Luís Alves não tardou em reconhecer de si para si que ela não se defendia com o vigor de uma resolução original e própria. A conversa, entretanto, tornara-se mais geral; de todos os lados partiam votos de oposição.

Guiomar havia já alguns minutos que não atendia à interlocutora; tinha o ouvido afiado e assestado sobre o grupo da madrinha. Ninguém a observava; mas é privilégio do romancista e do leitor ver no rosto de uma personagem aquilo que as outras não veem ou não podem ver. No rosto de Guiomar podemos nós ler, não só o tédio que lhe causava aquela opinião unânime contra o projeto da baronesa, mas ainda a expressão de um gênio imperioso e voluntário.

— Estamos de acordo, creio eu? perguntou Luís Alves olhando alternadamente para a baronesa e as outras pessoas.

— Não é possível, doutor, respondia a boa senhora.

— Decerto que não é possível, interveio Guiomar do lugar onde estava. A viagem não oferece risco, nem minha madrinha está inválida. Demais, é uma promessa feita; não se pode deixar de cumprir.

Esta opinião, dita em tom seco e firme, ainda que a voz nada perdesse do seu natural aveludado, equivaleu a um pouco de água fria lançada na fervura triunfante dos ânimos.

— Guiomar tem razão, disse a baronesa; já agora é preciso ir; são apenas três ou quatro meses.

Luís Alves olhou longamente para Guiomar, como a procurar ver-lhe no rosto todas as antecedências da resolução da baronesa. A oposição afrouxara; Jorge chamou em vão o advogado em seu auxílio. A resolução da tia, se alguma vez fora abalada, tornara-se outra vez firme.

Guiomar, entretanto, erguera-se e chegara ao grupo da madrinha. Jorge fitou-a com uma expressão de vaidade e cobiça. Luís Alves, que se achava de pé, recuou um pouco para deixá-la passar. Os olhos com que a contemplou não eram de cobiça nem de vaidade; a leitora, que ainda lembrará da confissão por ele mesmo feita a Estêvão, suporá talvez que eram de amor. Talvez, — quem sabe? — amor um pouco sossegado, não louco e cego como o de Estêvão, não pueril e lascivo, como o de Jorge, um meio-termo entre um e outro, — como podia havê-lo no coração de um ambicioso.

— O Dr. Luís Alves defende causas más, disse Guiomar sorrindo para ele; não se trata de uma cousa impossível. Quanto a mim, Cantagalo só tem um inconveniente; será menos divertido que a corte; mas o tempo passa depressa...

— Nesse caso, disse Jorge suspirando, eu também dispenso teatros e bailes; sacrifico-me à família.

— Queres ir conosco? perguntou a baronesa alegremente.

— Que dúvida!

Guiomar mordeu o lábio inferior, com uma expressão de despeito, que pôde conter e abafar, sem que ninguém a percebesse, ninguém, exceto Luís Alves. Um sorriso tranquilo e perspicaz roçou os lábios do advogado, enquanto a moça, para esconder a impressão que lhe ficara, de novo se dirigiu à janela, onde esteve alguns momentos sozinha, meia voltada para fora e meia guardada pela sombra que ali fazia a cortina. Um rumor de passos fê-la voltar-se para dentro. Era Luís Alves.

— Ah! disse ela fingindo-se tranquila; agradeço-lhe não haver insistido mais nos seus conselhos.

— A intenção era boa, respondeu Luís Alves em voz baixa; mas será agora excelente; nem tudo está perdido: eu me incumbo de salvar o resto.

Guiomar franziu a testa com o mais vivo e natural espanto; tal espanto que parecia havê-la feito esquecer outro sentimento, igualmente natural: — o do despeito que lhe causaria aquela singular familiaridade. Mas o assombro dominou tudo; Guiomar sentiu que ele lera nela a razão da insistência e o desgosto do resultado.

A ruga desfez-se a pouco e pouco, mas a moça não retirou logo os olhos. Havia neles uma interrogação imperiosa, que a alma não se atrevia a transmitir aos lábios. Se há nos do leitor alguma interrogação, esperemos o capítulo seguinte.

XIII.

Explicações

Luís Alves compreendera toda a expressão dos olhos de Guiomar; era, porém, homem frio e resoluto. Inclinou o busto com toda a graça correta e de bom-tom, e disse-lhe na voz mais branda que lhe permitia o seu órgão forte e severo:

— Parece-lhe que fui um pouco audaz, não é? Fui apenas sincero; e ainda que a sua delicadeza me condene, estou certo de que há em seu coração misericórdia de sobra...

Guiomar tinha readquirido toda a posse de si mesma.

— Está enganado, disse ela, não o condeno, pela simples razão de que o não entendi.

— Tanto melhor, redarguiu Luís Alves sem pestanejar; o meu delito nesse caso não passou da esfera da intenção.

— Mas... referia-se à viagem?

— Referia-me; perguntava quando iam.

Esta presença de espírito de Luís Alves ia muito com o gênio de Guiomar; era um laço de simpatia. A moça respondeu que o comendador viria buscá-las daí a quinze ou vinte dias.

— Três meses apenas? perguntou o advogado.

— Três ou quatro.

— Quatro meses não é a eternidade, mas Cantagalo, para uma carioca da gema, há de ser um degredo, ou quase... Oxalá, — continuou Luís Alves, concluindo mais depressa do que queria, ao ver que Jorge se aproximava da janela, — oxalá não lhe faça esse exílio esquecer o que solenemente lhe digo neste momento: que a senhora tem uma alma grande e nobre, e que eu a admiro!

Jorge chegara; a conversa tinha de acabar ou tomar diferente rumo.

As últimas palavras de Luís Alves eram singularmente dispostas para deixar sulco profundo na memória da moça. Não era uma declaração de amor, nem uma cortesania de sala, cousas todas que ela ouvira muita vez, que podiam lisonjeá-la, e decerto a lisonjeavam; era mais que um cumprimento e não chegava a ser uma declaração. Comoção, não a havia na voz do advogado; firmeza, sim, e um ar de convicção profunda. Guiomar olhou para ele quase sem dar pela presença de Jorge; mas Luís Alves voltara-se para o recém-chegado e falava-lhe em tom jovial, bem diferente daquele que empregara pouco antes.

Se esse contraste era premeditado, — não sei se o era, — não podia vir mais de feição ao espírito de Guiomar. De quantos homens a moça tratara até ali, era o primeiro que lhe inspirava curiosidade, e também, naquela ocasião, a primeira pessoa que se compadecia dela. Veja o leitor: — curiosidade e gratidão; — veja se há duas asas mais próprias para arrojar uma alma no seio de outra alma, — ou de um abismo, que é às vezes a mesma cousa.

Eu disse — compadecia — e esta só palavra, desacompanhada de outra cousa, pode fazer crer ao leitor que, durante aqueles dias em que a perdemos de vista, tornara-se Guiomar uma criatura desditosa. Nada disso; a situação era a mesma, não a mesma anteriormente à carta de Jorge, mas a mesma da noite em que ela a recebeu, situação, decerto, assaz sombria e carregada para um coração que receia ser constrangido, mas não desesperada nem angustiosa.

A baronesa, se soubera dos fatos, ou se pudera ler na alma da moça, seria a primeira a dar-lhe todas as consolações. Mas não sabia. Seu desejo, — ou antes o sonho da velhice, como ela dizia num dos anteriores capítulos, — era deixar felizes a afilhada e o sobrinho, e entendia que o melhor meio de os deixar felizes era casá-los um com o outro. A notícia que tinha do coração da moça, a este respeito, era incompleta ou inexata; pintavam-lhe como frieza o que era repugnância. Mrs. Oswald dava-lhe sempre esperanças de êxito feliz e próximo, as cóleras da moça não lhas contava nunca. Da carta de Jorge não soube, nem da cena havida na alcova. O casamento continuava a aparecer-lhe com todas as probabilidades de uma esperança realizável.

Dirá a leitora que o sobrinho não merecia tanto zelo nem tão pertinaz esperança, e terá razão; mas os olhos da baronesa não são os da leitora; ela só lhe via o lado bom, — que era realmente bom, — ainda que de uma bondade relativa; mas não via o lado mau, não via nem podia ver-lhe a frivolidade grave do espírito, nem o gênero de afeto que se lhe gerava no coração.

Jorge era o seu único parente de sangue, — filho de uma irmã que vivera infeliz e mais infelizmente morrera, não repudiada, mas aborrecida do marido, circunstância que lhe tornava caro aquele moço. Mais do que a afilhada, não; nem tanto, decerto; o coração não chegaria para dividir-se igualmente em tão grandes porções; queria-lhe, porém, muito, quanto bastava para desejá-lo feliz, e trabalhar por fazê-lo. Acrescentemos que o destino da irmã sempre lhe estava presente ao espírito, e que ela receava igual sorte a Guiomar; em Jorge parecia-lhe ver todos os dotes necessários para torná-la venturosa.

Infelizmente, Mrs. Oswald, sabedora daqueles secretos desejos e mais ou menos confidente dos sentimentos de Jorge, achara azada ocasião esta para patentear toda a gratidão de que estava possuída e a profunda amizade que a ligava à família da baronesa. Interpôs-se para servir aos outros, e mais ainda a si própria. Viu a dificuldade, mas não desanimou; era preciso armar ao reconhecimento da baronesa. Por isso não hesitou em confiar a Guiomar o desejo da madrinha, exagerando-o, entretanto, — porque nunca a baronesa dissera que "tal casamento era a sua campanha", e Mrs. Oswald atribuiu--lhe esta frase mortal para todas as esperanças e sonhos da moça. Mas, se falava demasiado ao pé de uma, era muito mais sóbria de palavras com a outra, e da exageração ou da atenuação da verdade resultara aquele perene estado de luta abafada, de receios, de indecisão e de amarguras secretas. Convém dizer, para dar o último traço ao perfil, que esta Mrs. Oswald não seguia só a voz do seu interesse pessoal, mas também o impulso do próprio gênio, amigo de pôr à prova a natural sagacidade, de tentar e levar a cabo uma destas operações delicadas e difíceis, de maneira que, se houvesse uma diplomacia doméstica, — ou se se criassem cargos para ela, Mrs. Oswald podia contar com um lugar de embaixatriz.

Vindo agora à narração dos sucessos da história, cumpre que o leitor saiba, que a carta de Jorge não teve resposta escrita nem verbal. No dia seguinte ao da entrega foi ele jantar a Botafogo; mas Guiomar não saíra do quarto, a pretexto de uma dor de cabeça; a baronesa

123

passou o dia com ela; Jorge apenas conseguiu saber, quando de lá saiu, que a moça ia melhor. Nos subsequentes dias nenhuma resposta foi às mãos do pretendente, nem ele conseguiu haver uns cinco minutos de conversa solitária com a moça; Guiomar esquivava-se sempre, com aquela arte suma da mulher que aborrece, e que é nem mais nem menos igual à da mulher que ama.

Um dia, porém, não houve meio de fugir; e Jorge, que não tinha nenhuma comoção na voz, porque não tinha muita no coração, olhou para ela com olhos direitos e francamente lhe pediu uma palavra de esperança ou de desengano. A moça hesitou alguns segundos; contudo era preciso responder. Venceu a repugnância dizendo-lhe com um frio sorriso:

— Nem uma nem outra cousa.

— Nem desengano? perguntou Jorge alvoroçado.

— Ninguém pode dar nem uma cousa nem outra, disse ela; costumamos aceitá-las do nosso destino.

Não era responder, como vê o leitor; Jorge ia pedir uma decisão mais transparente, mas a moça aproveitara-se da primeira impressão e esquivara-se. Quando ele recobrou a voz não viu mais que a fímbria do vestido, que se perdia na volta de uma porta.

Guiomar encurtou as rédeas à familiaridade que existia entre ela e Jorge; mas, se o tratava com mais reserva, não o fazia com sequidão nem frieza, nem deixava de ser polida e afável. A dignidade natural que havia em toda a sua pessoa servia-lhe, além disso, como de uma torre de marfim, onde ela se acastelava e mantinha em respeito o pretendente.

Dos dous homens que lhe queriam, nenhum lhe falava à alma; ela sentia que Estêvão pertencia à falange

124

dos tíbios, Jorge à tribo dos incapazes, duas classes de homens que não tinham com ela nenhuma afinidade eletiva. Não igualava, decerto, os dous pretendentes; um era simplesmente trivial, outro sentimental apenas; mas nenhum deles capaz de criar por si só o seu destino. Se os não igualava, também os não via com os mesmos olhos; Jorge causava-lhe tédio, era um Diógenes de espécie nova; através da capa rota da sua importância, via-se-lhe palpitar a triste vulgaridade. Estêvão inspirava-lhe mais algum respeito; era uma alma ardente e frouxa, nascida para desejar, não para vencer, uma espécie de condor, capaz de fitar o sol, mas sem asas para voar até lá. O sentimento de Guiomar em relação a Estêvão não podia nunca chegar ao amor; tinha muito de superioridade e perdão.

Com outra índole, aspirações diferentes e vivida em diversa esfera, amá-lo-ia com certeza, do mesmo modo que ele a amava. Mas a natureza e a sociedade deram-se as mãos para a desviar dos gozos puramente íntimos. Pedia amor, mas não o quisera fruir na vida obscura; a maior das felicidades da terra seria para ela o máximo dos infortúnios, se lha pusessem num ermo. Criança, iam-lhe os olhos com as sedas e as joias das mulheres que via na chácara contígua ao pobre quintal de sua mãe; moça, iam-lhe do mesmo modo com o espetáculo brilhante das grandezas sociais. Ela queria um homem que, ao pé de um coração juvenil e capaz de amar, sentisse dentro em si a força bastante para subi-la aonde a vissem todos os olhos. Voluntariamente, só uma vez aceitara a obscuridade e a mediania; foi quando se propôs a seguir o ofício de ensinar; mas é preciso dizer que ela contava com a ternura da baronesa.

XIV.
Ex abrupto[13]

Já o leitor ficou entendendo que a viagem a Cantagalo era obra quase exclusiva de Guiomar. A baronesa relutara a princípio, como das outras vezes fizera, e o comendador pouca esperança tinha já de a ver na fazenda. Mas o voto de Guiomar foi decisivo. Ela fortaleceu, com as suas, as razões do comendador, alegando não só a obrigação em que a madrinha estava de desempenhar a palavra dada, mas ainda a vantagem que lhe podiam trazer aqueles três meses de vida roceira, longe das agitações da corte; enfim, invocou o seu próprio desejo de ver uma fazenda e conhecer os hábitos do interior.

Não havia tal desejo, nem cousa que se parecesse com isso; mas Guiomar sabia que na balança das resoluções da madrinha era de grande peso a satisfação de um gosto seu. O sacrifício duraria três ou quatro meses; ela afrontaria, porém, dez ou doze se tantos fossem necessários, para fugir algum tempo às pretensões de Jorge, sem embargo de lhe repugnar todo o viver que não fosse a vida fastosa e agitada da corte. Eu, que sou o Plutarco desta dama ilustre, não deixarei de notar, que, neste lance, havia nela um pouco de Alcibíades, — aquele gamenho e delicioso homem de Estado, a quem o despeito também deu forças um dia para suportar a frugalidade espartana.

---

13. A expressão latina designa algo que ocorre sem preparação, de forma intempestiva, subitamente. [HG]

Infelizmente, Jorge reduziu todos esses cálculos a nada. Ela contava com o seu demasiado apego aos regalos da corte, não contava com as sugestões de Mrs. Oswald, que percebera o plano, e torcera a primeira resolução de Jorge, que era ficar e esperar. O sacrifício da parte dele era compensado pela probabilidade da vitória, a qual não consistia só em haver por esposa uma moça bela e querida, mas ainda em tornar muito mais sumárias as partilhas do que a baronesa deixaria por sua morte a ambos. Esta consideração, que não era a principal, tinha ainda assim seu peso no espírito de Jorge, e, sejamos justos, devia tê-lo: possuir era o seu único ofício. Assim era que não só a moça deixava de obter um bem, mas caía de um mal em outro maior; tê-lo ao pé de si, onde as distrações seriam menos prontas e variadas, equivalia a adoecer de fastio e morrer de inanição.

Imagine-se por isso em que estado lhe ficou o espírito depois da declaração de Jorge. Não havia meio de fugir ao pretendente, era preciso tragá-lo. Esta perspectiva abateu-lhe totalmente o ânimo. Uma confidente, em tais situações, é um presente do céu; mas Guiomar não a tinha, e se alguma pessoa lhe merecesse tal confiança, é certo ou quase certo que lhe não diria nada. Suas dores eram altivas, as tristezas de seu coração tinham pudor. Espíritos desta casta ignoram a consolação que há, nas horas de crise, em se repartirem com outro; triste, mas feliz ignorância que lhes poupa muita vez o contato de uma consciência aleivosa e ruim.

No meio do longo refletir, soaram-lhe na memória as palavras de Luís Alves; ela ouviu-as de novo, tais quais ele as proferira, desde a frase descortês até à expressão respeitosa. Uma era o comentário da outra, e ambas podiam explicar-lhe o caráter de Luís Alves, se tivesse alguns elementos mais para conhecê-lo; em todo o caso, era a ponta do véu levantada. Embora se lhe não pudesse ler no fundo do espírito, via-se desde já qual era o seu método de ação.

Qualquer outro homem, depois do efeito produzido pela primeira declaração, não se atreveria ou não lhe importaria tentar mais nada para desfazer o projeto da viagem. Mas o espírito de Luís Alves tinha a obstinação do dogue. Era-lhe necessário que a família da baronesa não saísse da corte; este objeto havia de alcançá-lo a todo o transe. Ele espreitava as ocasiões, aproveitava as circunstâncias, tinha a habilidade de intercalar o pedido em qualquer retalho de conversação, onde menos apropriado pareceria a qualquer outro. Jorge aplaudia-o com as forças todas de que podia dispor o seu interesse. A baronesa opunha às sugestões do advogado a resistência mole e atada de quem deseja aquilo mesmo que recusa.

— O doutor é terrível, dizia ela. Em se lhe metendo uma cousa na cabeça, ninguém mais o tira daí.

— Justamente, é uma ideia fixa. Sem ideia fixa não se faz nada bom neste mundo.

Guiomar sustentava a resolução da madrinha, posto não o fizesse a miúdo, nem no mesmo tom seco e imperioso da primeira noite. Seu impulso era ser coerente; ao mesmo tempo não queria parecer aos olhos de Luís Alves que lhe aceitava o concurso para obter o que aliás desejava de todo o coração; seria lavá-lo da primeira culpa.

O argumento que mais influía no ânimo de todos, o que devera ter afastado a ideia de semelhante viagem, era o perigo de afrontar o cólera-morbo que por aquele tempo percorria alguns pontos do interior. Um dia de manhã soube-se que em Cantagalo havia aparecido o terrível inimigo. Desta vez Luís Alves triunfou sem dizer palavra; a baronesa recuou diante daquele fato brutal.

A viagem desfez-se pois, a contento de todos, salvo talvez de Mrs. Oswald, que receava muito da mocidade casadeira da corte, e dos belos olhos castanhos de Guiomar. Mrs. Oswald temia ver surgir a cada passo um novo inimigo emboscado em algum teatro ou baile, ou quando menos na rua do Ouvidor, e não via que o inimigo novo podia ser que estivesse literalmente ao pé da porta. A sagacidade da inglesa desta vez foi um tanto míope. A razão é que Luís Alves, em todos aqueles seus preliminares, houve-se com habilidade; longe de procurar a moça, parecia nada haver alterado nos seus sentimentos, nem desejar mudar a espécie de relações que até ali mantinha. Guiomar, entretanto, não podia deixar de comparar aquela espécie de atenciosa indiferença que havia dele para ela, com as palavras que anteriormente lhe ouvira, e o resultado da comparação não lhe parecia muito claro.

Na noite do mesmo dia em que ficou assentado diferir a viagem para melhores tempos, achavam-se em casa da baronesa algumas pessoas de fora; Guiomar, sentada ao piano, acabava de tocar, a pedido da madrinha, um trecho de ópera da moda.

— Muito obrigada, disse ela a Luís Alves que se aproximara para dirigir-lhe um cumprimento. Está alegre!

Parece que é a satisfação de me haver malogrado o maior desejo que eu tinha nesta ocasião.

— Não fui eu, disse ele, foi a epidemia.

— Sua aliada, parece.

— Tudo é aliado do homem que sabe querer, respondeu o advogado dando a esta frase um tanto enfática o maior tom de simplicidade que lhe podia sair dos lábios.

Guiomar curvou a cabeça e esteve alguns instantes a perpassar os dedos pelas teclas, enquanto Luís Alves, tirando de cima do piano outra música, dizia-lhe:

— Podia dar-nos este pedaço de Bellini, se quisesse.

Guiomar pegou maquinalmente na música e abriu-a na estante.

— Era então vontade sua? perguntou ela continuando o assunto interrompido do diálogo.

— Vontade certamente, porque era necessidade.

— Necessidade, — tornou ela começando a tocar, menos por tocar que por encobrir a voz; mas necessidade por quê?

— Por uma razão muito simples, porque a amo.

A música estacou. Guiomar erguera-se de um salto. Mas nem o gesto da moça, nem a surpresa das outras pessoas perturbou o advogado; Luís Alves inclinou-se para o mocho, como a concertá-lo, e voltando-se para Guiomar, disse-lhe graciosamente:

— Pode sentar-se agora; está seguro.

Guiomar sentou-se outra vez muda, despeitada, a bater-lhe o coração como nunca lhe batera em nenhuma outra ocasião da vida, nem de susto, nem de cólera, nem... de amor, ia eu a dizer, sem que ela o houvesse sentido jamais. Não se demorou muito tempo ali; com a mão trêmula folheou a música que estava aberta na estante, deixou-a logo e levantou-se.

Nestes derradeiros movimentos ninguém reparou; e se alguém pudesse reparar em alguma cousa, a moça tomara a peito desvanecer todas as suspeitas. A primeira impressão fora profunda, mas Guiomar tinha força bastante para dominar-se e fechar todo o sentimento no coração.

O que se passou depois, quando, livre de olhos estranhos, pôde entregar-se a si mesma, isso ninguém soube, a não serem as paredes mudas do quarto, ou o raio de lua coado pelo tecido raro das cortinas das janelas, como a espreitar aquela alma faminta de luz. Soube-o, talvez, o seu espelho, quando no dia seguinte lhe refletiu o rosto desfeito e os olhos quebrados. Se foi a meditação noturna que os amoleceu e apagou, não o perguntou ele, naturalmente porque o sabia; mas talvez advertiu consigo que se eram assim mais belos, pediam outro rosto em que caíssem melhor. O de Guiomar queria-os como eles eram, severos, firmes e brilhantes.

A baronesa também não deixou de ver que a afilhada não acordara com o mesmo ar do costume; achou-a taciturna e distraída.

— Eu, madrinha? perguntou Guiomar simulando um sorriso de admiração.

— Será engano de meus olhos.

— Não é outra cousa; estou como sempre, como ontem, como amanhã. Passei a noite um pouco mal, é verdade; mas o que tive desapareceu inteiramente. A prova...

Guiomar parou neste ponto, chegou-se à madrinha e deu-lhe um beijo.

— A prova, continuou ela, é que ainda hoje me acha bonita, não é?

— Criança! respondeu a baronesa, dando-lhe uma pancadinha na face.

A tranquilidade da moça era simulada; apenas a madrinha voltou as costas, cobriu-se-lhe o rosto com o mesmo véu. Ela aprendera desde criança a disfarçar as suas preocupações.

Quanto a Luís Alves, posto houvesse contado com o seu método cru e abrupto, saiu dali sem plena certeza do resultado. Esta incerteza abalou-o mais do que ele supunha; e foi, sem dúvida, a primeira ocasião em que sentiu que a amava deveras, ainda que o seu amor fosse como ele mesmo: plácido e senhor de si. No dia seguinte, Estêvão interrogou-o a respeito de Guiomar.

— Creio, disse ele depois de refletir alguns instantes, — creio que por ora não deves perder as esperanças todas.

XV.
Embargos de terceiro

Durante três dias deixou Luís Alves de ir à casa da baronesa, estando aliás a morrer por isso. Entrava porém no plano esta ausência; era das instruções que ele mesmo dera ao seu coração; não havia remédio senão observá-las.

No quarto dia recebeu um bilhete da baronesa que o cumprimentava pela eleição. A mala do Norte chegara, e com ela a notícia da vitória eleitoral. Estava Luís Alves deputado; ia enfim dar a sua demão no fabrico das leis. Estêvão foi o primeiro que o felicitou; era o antigo companheiro dos bancos da academia; tanto ou mais do que os outros devia aplaudir aquela boa fortuna. Não lhe escondeu, entretanto, a inveja que ela lhe metia:

— Deputado! suspirou ele. Oh! eu também podia ser deputado.

Estêvão dizia isto, como a criança deseja o dixe que vê no colo de outra criança, — nada mais. Eram os seus sonhos de outrora, que renasciam tais quais eram, inconsistentes, vagos, prestes a dissiparem-se com o primeiro raio da manhã.

Luís Alves apressou-se a ir agradecer à baronesa a felicitação. Guiomar teve um leve estremecimento quando o viu, mas recebeu-o tranquila e risonha, quase indiferente. O advogado era hábil; não a perseguiu com os olhos; sobre acordar a atenção das demais pessoas, era seguir o método comum. Ele não queria parecer-se com os outros.

Guiomar, entretanto, observava-o a espaços, de revés, como a querer surpreendê-lo; a pouco e pouco, porém, o seu olhar foi sendo mais direito e firme. O de Luís Alves era natural e igual como antes era, como era ainda agora com todos.

Ao sair, junto à porta de uma sala, onde acaso a topou, Luís Alves teve ocasião de lhe dizer esta simples palavra:

— Perdoou-me?

A moça retirou a mão, que ele tinha presa na sua, e furtou o corpo, ao mesmo tempo que lhe caíam as pálpebras.

— Perdoou-me? repetiu ele.

Guiomar retirou-se sem dizer palavra. Luís Alves esperou que ela desaparecesse e saiu. A moça, entretanto, ficou irritada por nada lhe ter respondido, sendo verdade que nada achou nem acharia talvez que lhe responder; mas arrependeu-se e pensou longo tempo naquilo.

Quer dizer que o amava? Quer dizer que estava prestes a isso. A arraiada branqueava o céu, tingiria depois o cimo dos montes, entornar-se-ia enfim pela encosta abaixo, até aparecer o sol, — o sol contemporâneo de Adão, e do último homem que há de vir.

Dali a dias, entrando Luís Alves em casa da baronesa, teve a boa fortuna de encontrar a moça sozinha, na sala do trabalho, donde a baronesa se ausentara cinco minutos antes. Mrs. Oswald achava-se fora. Era a hora da tardinha; o dia estava prestes a afogar-se no seio da noite.

Guiomar, molemente sentada numa cadeira baixa, tinha um livro aberto sobre os joelhos e os olhos no ar. Luís Alves surpreendeu-a nessa atitude meditativa, mais bela do que nunca, porque assim, e àquela hora, e

134

com o vestido meio escuro que lhe realçava a cor de leite da face, tinha um quê de gracioso e severo, ao mesmo tempo, que parecia buscado de propósito para recebê-lo.

— Minha madrinha já vem, disse Guiomar logo depois de lhe estender a mão, que ele apertou e sentiu um pouco trêmula.

— Talvez daqui a cinco minutos, disse ele; é bastante para decidir o meu destino. Duas vezes lhe perguntei se me perdoara; pela terceira lhe peço que me responda; custa pouco uma única palavra; custa menos ainda, um único gesto.

A moça olhou algum tempo para o livro que tinha diante de si. A manhã, porém, era já alta no coração de Guiomar, a claridade intensa, o sol quente e vivo, porque ela não olhou muito tempo para o livro, nem hesitou mais do que era natural e exigível naquela ocasião. Dous minutos depois fez o gesto, um gesto só, mas ainda mais eloquente do que se ela falasse, — estendeu-lhe a mão.

Luís Alves apertou-lha entre as suas.

A comoção era natural em ambos; ali estiveram alguns instantes calados, ele com os olhos fitos nela, ela com os seus no chão. As mãos tocavam-se e os corações palpitavam uníssonos. Decorreram assim cinco breves minutos. Ela foi a primeira que rompeu o silêncio.

— Um gesto, um só gesto, e é o meu destino que lhe entrego com ele, disse Guiomar olhando em cheio para o moço.

— Ainda não. Se os nossos destinos se ligarem, estou convencido de que o meu amor, pelo menos, terá a virtude de a tornar feliz. Mas nada está feito ainda, e se eu fui breve e apressado na confissão, não o desejo ser na consagração que lhe peço.

Luís Alves calara-se; a moça olhava para ele como buscando entendê-lo.

— Sim, continuou ele; melhor é que não ceda a um instante de entusiasmo. Minha vida é sua; todo o meu destino está nas suas mãos... Contudo, não quero surpreender-lhe o coração neste momento; no dia em que me julgar verdadeiramente digno de ser seu esposo, ouvi-la-ei e segui-la-ei.

A resposta da moça foi apertar-lhe as mãos, sorrir, e embeber os seus olhos nos dele. O passo da baronesa interrompeu esta contemplação.

Guiomar amava deveras. Mas até que ponto era involuntário aquele sentimento? Era-o até o ponto de lhe não desbotar à nossa heroína a castidade do coração, de lhe não diminuirmos a força de suas faculdades afetivas. Até aí só; daí por diante entrava a fria eleição do espírito. Eu não a quero dar como uma alma que a paixão desatina e cega, nem fazê-la morrer de um amor silencioso e tímido. Nada disso era, nem faria. Sua natureza exigia e amava essas flores do coração, mas não havia esperar que as fosse colher em sítios agrestes e nus, nem nos ramos do arbusto modesto plantado em frente de janela rústica. Ela queria-as belas e viçosas, mas em vaso de Sèvres, posto sobre móvel raro, entre duas janelas urbanas, flanqueado o dito vaso e as ditas flores pelas cortinas de caxemira, que deviam arrastar as pontas na alcatifa do chão.

Podia dar-lhe Luís Alves este gênero de amor? Podia; ela sentiu que podia. As duas ambições tinham-se adivinhado, desde que a intimidade as reuniu. O proceder de Luís Alves, sóbrio, direto, resoluto, sem desfalecimentos, nem demasias ociosas, fazia perceber à moça que ele nascera para vencer, e que a sua ambição tinha verdadeiramente asas, ao mesmo tempo, que as tinha ou parecia tê-las o coração. Demais, o primeiro passo do homem público estava dado; ele ia entrar em cheio na estrada que leva os fortes à glória. Em torno dele ia fazer-se aquela luz, que era a ambição da moça, a atmosfera, que ela almejava respirar. Estêvão dera-lhe a vida sentimental, — Jorge a vida vegetativa; em Luís Alves via ela combinadas as afeições domésticas com o ruído exterior.

Uma vez entendidos, é difícil que dous corações se encubram, pelo menos aos olhos mais sagazes. Os de Mrs. Oswald eram dos mais finos. A inglesa percebeu dentro de pouco tempo que entre eles havia alguma cousa. Interrogar a moça era inútil, sobre perigoso; seria ir, de coração leve, em busca de ódio, talvez. Todavia se ainda fosse possível salvar tudo? Guiomar resistiria dificilmente a um desejo da madrinha; era possível vencê-la por esse lado.

Mrs. Oswald concebeu então um projeto insensato, que lhe pareceu aliás excelente e de bom aviso. O desejo de servir a baronesa e levar uma ideia ao fim tapou-lhe os olhos da razão. Ela foi diretamente a Jorge.

— Sabe o que me está parecendo? disse ela. Parece-me que há mouro na costa.

— Mouro na costa![14] exclamou Jorge com uma tal expressão de desgosto, que era fácil compreender o fundo de suspeita já existente em seu espírito.

---

14. A expressão "há mouro na costa" ou "anda mouro na costa" refere-se à aproximação de pretendentes amorosos, provavelmente por analogia ao assédio dos mouros à costa da península Ibérica. [HG]

— Nada menos, disse a inglesa; mas um mouro que se pode capturar.

E a inglesa expôs um plano completo que o sobrinho da baronesa ouviu um tanto perplexo. O plano consistia em ir Jorge pedir a moça à baronesa, em presença dela própria. A baronesa, que nutria o desejo de os ver casados, não deixaria de fazer pesar o seu voto na balança, e era muito difícil que a gratidão de Guiomar não decidisse em favor de Jorge.

— A gratidão... e o interesse, continuou ela. Devemos contar também com o interesse, que é um grande conselheiro íntimo. Ela não há de querer sacrificar a afeição da madrinha, que para ela vale...

— Oh! que triste lembrança! interrompeu Jorge, recuando diante da ideia de Mrs. Oswald.

A inglesa sorriu, — e deixou por mão aquele argumento; firmou-se porém no da afeição. Guiomar não se oporia a um desejo da madrinha; era urgente dar-lhe o golpe. Jorge não se atrevia a surpreender por esse meio a aquiescência da moça; mas acreditava na eficácia dele, e sobretudo receava perder a causa. Uma vez que a vencesse, tudo podia confiar do tempo e do seu amor.

O conselho foi seguido pontualmente. De noite, em presença da baronesa à hora da despedida, — porque ele hesitara a maior parte do tempo, — praticou Jorge aquele ato insensato de declarar à moça que a amava e de lhe pedir a mão. A tia sorriu de contentamento, mas teve a prudência de não proferir nada enquanto Guiomar, empalidecendo, nada dizia, porque nada achava que dizer.

O silêncio durou cerca de três ou quatro minutos,[A] um silêncio acanhado e vexado, em que nenhum deles se atrevia a reatar a conversação. A baronesa, pela sua parte, imaginava que os dous estavam enfim entendidos, e que a declaração era autorizada pela moça. O enleio de Guiomar não era dos que pudessem dar cabimento a esta suposição; mas a boa senhora via com os olhos dos seus bons desejos.

— Pela minha parte, declarou enfim a baronesa, não me oponho; estimaria muito que acabassem por aí. Mas é negócio do coração; devo esperar a resposta de Guiomar.

E voltando-se para a afilhada:

— Pensa e resolve, minha filha, disse ela; e se fores feliz, sê-lo-ei ainda mais do que tu.

Duas vezes pairou a negativa nos lábios da moça; mas a língua não se atrevia a repelir a palavra do coração. No fim de alguns instantes:

— Refletirei, respondeu ela beijando a mão à madrinha; e continuou voltando-se para Jorge: — Boa noite! Até amanhã.

XVI.

A confissão

Na mesma noite em que Jorge, cedendo às sugestões de Mrs. Oswald, tentava o último recurso que no entender da inglesa havia, achava-se Luís Alves em casa, comodamente sentado numa poltrona de couro, defronte da janela com os olhos no mar e o pensamento nas suas duas candidaturas vencidas. Meia-noite estava a pingar; uma pessoa descia de um tílburi e batia-lhe à porta.

Era Estêvão.

Luís Alves naturalmente admirou-se de o ver ali àquela hora; mas Estêvão explicou-lhe tudo.

— Venho passar meia hora contigo, ou a noite toda se quiseres. Estava em casa aborrecido, a pensar... bem sabes em quê...

— Nela? interrompeu Luís Alves.

— Agora e sempre.

Luís Alves torceu o bigode, e olhou três ou quatro vezes para o colega, enquanto este tirava o chapéu e dispunha-se a ir buscar uma cadeira para sentar-se ao pé do outro.

— Estêvão, disse Luís Alves depois de alguns instantes de reflexão, e voltando a poltrona para dentro, ouve-me primeiro e resolverás depois se ficas a noite ou se te vais embora imediatamente. Talvez escolhas este último alvitre.

— Vais falar-me de Guiomar?

— Justamente.

Estêvão sentou-se defronte de Luís Alves. Seu coração batia apressado; dissera-se que toda a sua vida

140

pendia dos lábios do amigo. Houve um instante de silêncio.

— Nenhuma... nenhuma esperança então? murmurou Estêvão.

— Disseste a fatal palavra! exclamou Luís Alves. Sim, não tens nenhuma esperança.

— Mas... como sabes?

— Não me interrogues; eu não poderia dizer-te tudo o que há. Poupa-me, ao menos, esse triste dever.

Estêvão sentiu arrasarem-se-lhe os olhos d'água. Quis falar, mas as palavras iam-lhe saindo envoltas em soluços.

Luís Alves fumava tranquilamente, acompanhando com os olhos os rolinhos de fumo que lhe fugiam da ponta do charuto. Este silêncio durou cerca de dez minutos. O mar batia compassadamente na praia. A voz da onda e o latido de um cão ao longe eram os únicos sons que vinham quebrar a mudez daquela hora solene para um desses dous homens que ia perder até o repouso da esperança.

Estêvão foi o primeiro que falou:

— Ama a outro, não é? perguntou ele com a voz trêmula.

— Ama, respondeu surdamente Luís Alves.

Estêvão ergueu-se e deu alguns passos na sala, sem dizer palavra, a morder a ponta do bigode, parando às vezes, outras traduzindo com um gesto desordenado os sentimentos que lhe tumultuavam no coração. A dor devia ser grande, mas a manifestação já não era a mesma que o leitor lhe viu, dous anos antes, quando ele foi confiar ao amigo o primeiro desengano de Guiomar.

— Parece-me que eu adivinhava isto mesmo, disse ele, enfim, parando em frente de Luís Alves. Este desejo que me acometeu de vir aqui, a esta hora, sem certeza de encontrar-te, era mais um benefício do meu destino. Devia esperá-lo. Que vida tem sido a minha, Luís! Agarrei-me, nem sei por quê, à esperança de ser amado por ela, de a vencer pela piedade, ou pelo remorso, ou por qualquer outro motivo que fosse, — o motivo importava pouco... O essencial é que ela me pagasse em ternura e amor todas as dores que curti, as lágrimas todas que tenho devorado em silêncio... E era só essa esperança que ainda me dava forças... que me fazia crer feliz, como pode sê-lo um desgraçado, como podia sê-lo eu, que nasci debaixo de ruim estrela... Oh! se tu souberas... Não, não sabes, nem ela também, ninguém sabe nem saberá nunca tudo quanto tenho padecido, tudo quanto...

Interrompeu-se. Duas lágrimas, espremidas do fundo do coração, saltaram-lhe dos olhos e desceram-lhe rápidas a perder-se entre os cabelos raros e finos da barba. Ele sentiu que outras podiam vir, e foi sentar-se num sofá, meio voltado de costas para Luís Alves. As outras vieram, porque o coração ainda as tinha para as dores supremas; mas correram-lhe silenciosas, sem um soluço, sem uma queixa única.

Luís Alves levantara-se e chegara à janela. Seu espírito, apesar de frio e quieto, parecia agora um pouco alvoroçado. Não era dor; e não sei se lhe podia chamar remorso. Mal-estar apenas, e comiseração. O coração era capaz de afeições; mas, como ficou dito no primeiro capítulo, ele sabia regê-las, moderá-las e guiá-las ao seu próprio interesse. Não era corrupto nem perverso;

também não se pode dizer que fosse dedicado nem cavalheiresco; era, ao cabo de tudo, um homem friamente ambicioso.

Estêvão levantara-se outra vez e pegara no chapéu.

— Vem cá, disse Luís Alves entrando e indo ter com ele; vejo que estás mais homem do que antes. Resta que o sejas completamente; varre da memória e do coração tudo o que possa referir-se...

— Que remédio! interrompeu Estêvão sorrindo amargamente; que remédio tenho eu senão esquecê-la! Mas quando?

— Mais breve talvez do que supões...

Luís Alves não acabou; Estêvão olhara para ele com um gesto de espanto e fora sentar-se outra vez.

— Mais breve do que suponho! exclamou ele. Tu não tens coração: não tens sequer observação nem memória. Não vês, não sentes que esta paixão é o sangue do meu sangue, a vida da minha vida? Esquecê-la! Era bom se eu a pudesse esquecer; mas a minha má sina até essa esperança me arranca, porque este padecer íntimo, constante, há de ir comigo até à morte...

Desta vez era Luís Alves que passeava de um lado para outro. Em seu espírito despontava uma ideia, que ele examinava, a ver se a poria ali mesmo em execução. Era dizer-lhe tudo. Estêvão viria a sabê-lo mais tarde; melhor era que o soubesse logo e por ele. Ao mesmo tempo refletia na exaltação dos sentimentos do rapaz; a dor certamente se lhe agravaria, em sabendo que era ele o preferido de Guiomar. O coração, que perdoaria a um estranho, condenaria ao amigo.

Estêvão, assentado, com os olhos no teto, parecia entregue às suas reflexões, mas só parecia, porque ele não pensava, evocava antigas memórias, fazia surgir diante de seus olhos a figura gentil de Guiomar, sentia-lhe o império dos belos olhos castanhos, ouvia-lhe a palavra doce e aveludada entornar-se-lhe no coração. Não evocava só, criava também, pintava com a imaginação a felicidade que lhe poderia dar a moça, se entre todos os homens o escolhera, se eles dous vinculassem os seus destinos. Ele via-a ao pé de si, cingia-lhe o braço em volta da cintura, enchia-lhe de beijos os cabelos, tudo isto em meio de uma paisagem única na terra, porque a abundância da natureza cresceria ao contato daquele sentimento puro, casto e eterno. Não falo eu, leitor; transcrevo apenas e fielmente as imaginações do namorado; fixo nesta folha de papel os voos que ele abria por esse espaço fora, única ventura que lhe era permitida.

No meio dessas visões foi acordá-lo Luís Alves.

— Tens razão de sentir, disse este; mas não gastes o coração, que há maiores surpresas na vida... Em todo o caso, deixa-me dizer-te que nenhuma razão tens de censura...

— Censuro eu alguém?

— Há no amor um germe de ódio que pode vir a desenvolver-se depois. Talvez chegues a acusá-la de te não querer; nesse dia reflete que os movimentos do coração não estão nas mãos da vontade. Ela não tem culpa se outro lhe despertou o amor.

— Ah! incumbiu-te da defesa!

Luís Alves sorriu; ele contava com a recriminação.

— Não, não me incumbiu da defesa, disse ele; sou eu que a tomo por minhas mãos. Que defendo eu aqui senão a natureza, a razão, a lógica dos sentimentos, dura

144

e inflexível como toda a outra lógica? Há no fundo das tuas palavras um sentimento de egoísmo...

— O amor não é outra cousa, respondeu Estêvão sorrindo por sua vez. Queres que inda em cima lhe agradeça este desespero? Queres que vá apertar a mão ao homem que a soube vencer?

Luís Alves mordeu a ponta do lábio e acercou-se da janela. Quando ia a voltar para dentro ouviu um rumor na janela ao pé, a primeira da casa da baronesa. Luís Alves deu um passo mais. Não viu ninguém; viu apenas o resto de um vestido que fugia e um objeto que lhe caía aos pés. Inclinou-se a apanhá-lo. Era uma grande folha de papel envolvendo, para lhe dar mais peso, outra folha pequena dobrada em quarto. Luís Alves aproximou-se da luz, e leu rapidamente o que ali vinha escrito. Leu, meteu o papel na algibeira e encaminhou-se disfarçadamente para a janela. Ninguém; a casa da baronesa dormia.

Quando voltou para dentro, Estêvão tinha-se levantado. Ele vira cair o papel, apanhá-lo e lê-lo Luís Alves. Não entendeu nada do que se passara; mas seu olhar como que pedia uma explicação.

Luís Alves foi direito ao fim.

— Estêvão, disse ele, vais saber a verdade toda; não poderia ocultar-te o que se há passado, nem conviria talvez que tu a soubesses por boca de outro. Guiomar podia amar-te, eras digno dela, e ela digna de ti; mas a natureza não os fez um para o outro. São duas almas excelentes que seriam infelizes unidas. Quem há aqui que censurar? Mas se a natureza explica o sentimento dela, igualmente explica o de um terceiro, que sou eu. Tu confiaste-me as dores e as esperanças de teu coração; era conhecer toda a minha amizade e a profunda estima que sempre te consagrei. Mas nem tu nem eu contávamos comigo; porque também eu tenho coração, e os prestígios da beleza também falam à minha alma. Não a pude ver a frio. A paixão obscureceu-me. Nesta minha felicidade de amar e ser amado, acredita que sou alguma cousa infeliz, porque há lágrimas tuas, há o teu padecer longo e cruel, que eu imagino e deploro. A confissão é franca; não te falo em arrependimento, porque são atos do coração e não da consciência, que essa é pura e honrada. E depois desta exposição fiel, cuido que lastimarás comigo o encontro em que o acaso ou a má sorte nos reuniu a todos três; mas não me acusarás nem me recusarás a tua velha estima. Falo só da estima; a amizade, creio que não poderá ser a mesma. Mas prezarás o meu caráter. Pela minha parte, nem uma nem outra cousa perece; sei o que vales. Não sei aonde nos lançará a onda do destino amanhã. Pela última vez, porém, espero que apertarás a mão do teu amigo.

Luís Alves concluíra estendendo-lhe a mão. Estêvão olhou para ele, mas não disse uma só palavra, não fez um gesto único: caminhou para a porta e saiu.

— Estêvão! gritou Luís Alves.

Mas só lhe respondeu o rumor dos pés que desciam, e pouco depois o do tílburi que rolava surdamente na terra úmida da praia.

Luís Alves levantou secamente os ombros; chegou-se à luz e releu o escrito.

XVII.

A carta

Não era preciso reler o papel para entendê-lo; mas olhos amantes deliciam-se com letras namoradas. O papel continha uma palavra única: — *Peça-me*, — escrita no centro da folha, com uma letra fina, elegante, feminina. Luís Alves olhou algum tempo para o bilhete, primeiramente como namorado, depois como simples observador. A letra não era trêmula, mas parecia ter sido lançada ao papel em hora de comoção.

Desta observação passou Luís Alves a uma reflexão muito natural. Aquele bilhete, pouco conveniente em quaisquer outras circunstâncias, estava justificado pela declaração que ele próprio fizera à moça alguns dias antes, quando lhe pediu que o conhecesse primeiro, e que no dia em que o julgasse digno de o tomar por esposo, ele a ouviria e acompanharia. Mas se isto era assim em relação ao bilhete, não o era em relação à hora. Que motivo obrigaria a moça a deitar-lhe da janela, à meia-noite, aquele papel decisivo, eloquente na mesma sobriedade com que o escrevera?

Luís Alves concluiu que havia alguma razão urgente, e portanto, que era preciso acudir à situação com os meios da situação. Quanto à razão em si, não a pôde descobrir. Ocorreu-lhe o fato, aliás patente, da corte que o sobrinho da baronesa fazia a Guiomar, mas ignorava as circunstâncias que lhe eram relativas, e não pôde passar além.

Não direi que Luís Alves gastasse a noite a cavar fundo no terreno das conjecturas vagas. Não era homem que perdesse tempo em cousas inúteis; e nada mais inútil naquela ocasião do que tentar explicar o que nenhuma explicação podia ter para ele. O que resolveu foi obedecer ao recado da moça; pedi-la sem hesitação nem preâmbulo. Mas se o caso lhe não produziu insônia, não deixou de lhe estender a vigília, além da hora usual, como era de jeito naquela ocasião solene, sobretudo, tratando-se de criatura que por aqueles tempos era a inveja e a cobiça de muitos olhos. Luís Alves não era, como Estêvão, um adorável cismador, não se nutria de imaginações e devaneios, alimento que funde pouco ou nada, mas cismou algum tempo, embebeu-se uma hora na contemplação ideal da mulher que ele soubera escolher. O sono chegou, e o devaneio confundiu-se com o sonho.

Guiomar dormiria tão repousadamente como ele? Dormia; a noite, porém, fora-lhe muito mais agitada e amarga, como era natural depois da declaração de Jorge e das insinuações da madrinha.

A moça recolhera-se ao quarto, logo depois da declaração. As pessoas da casa nada puderam ler-lhe no rosto, salvo a palidez repentina e o rubor que se lhe seguiu: mas, logo que ela se achou só, deu toda a expansão aos sentimentos que até ali pudera conter.

O primeiro deles era o despeito; Guiomar sentia-se humilhada com aquela declaração, assim feita, de emboscada e sobressalto, para arrancar-se-lhe um consentimento que o coração e a índole repeliam. Nenhuma consulta, nenhuma autorização prévia; parecia-lhe que a tratavam como ente absolutamente passivo, sem vontade nem eleição própria, destinado a satisfazer caprichos alheios. As palavras da madrinha desmentiam

esta suposição; mas, a notícia que ela tinha da resolução da baronesa, neste negócio, diminuía muito o valor
de tais palavras. Se era uma campanha, como dissera
Mrs. Oswald, queriam constrangê-la com aparências
de moderação, e o tempo que lhe deixavam para refletir
era-o realmente para considerar, sozinha consigo, na
necessidade de pagar os benefícios que recebera.

Não a acusem de ter feito estas reflexões, logo que
entrou no quarto, com os olhos cintilantes e os lábios
frios de cólera. Eram naturais; primeiramente porque
supunha que o seu casamento com Jorge estava delibe-
rado e se realizaria, quaisquer que fossem as circunstâncias; depois, porque a alma dela era melindrosa; não
esquecia os benefícios recebidos, mas quisera que lhos
não lembrassem por meio de uma violência: fazê-lo,
era o mesmo que lançar-lhos em rosto.

— Não! murmurava enfim a moça, forçar-me, redu-
zir-me à condição de simples serva, nunca!

Mas esta cólera apaziguou-se, e o coração venceu
o coração. Guiomar recordou a constante ternura da
baronesa para com ela, a solicitude com que lhe satis-
fazia os seus menores desejos, que eram ali ordens, e
não combinava tamanho amor com a suposta violência
que lhe queria fazer. Não tardou em arrepender-se das
palavras incoerentes que lhe haviam fugido, e dos sentimentos maus que atribuíra ao coração da baronesa.
Cruzou as mãos no peito e ergueu o pensamento ao céu,
como a pedir-lhe perdão. Guiomar, em meio das se-
duções da vida, que tantas eram para ela e de todo lhe
levavam os olhos, não perdera o sentimento religioso,
nem esquecera o que lhe havia ensinado a fé ingênua
e pura de sua mãe.

149

A cólera acabara, mas veio depois a luta entre a gratidão e o amor, — entre o noivo que lhe propunha a afeição da madrinha e o que o seu próprio coração escolhera. Ela nem ousava tirar as esperanças à baronesa, nem imolar as suas próprias, — e uma de duas cousas era preciso que fizesse naquela solene ocasião. O que sentiu e pensou foi longo e cruel; mas se tal duelo podia travar-se-lhe na alma, não era duvidoso o resultado. O resultado devia ser um. A vontade e a ambição, quando verdadeiramente dominam, podem lutar com outros sentimentos, mas hão de sempre vencer, porque elas são as armas do forte, e a vitória é dos fortes. Guiomar tinha de decidir por um dos dous homens que lhe propunha o seu destino; elegeu o que lhe falava ao coração.

A resposta, porém, não podia a moça demorá-la nem esquivá-la, não convinha, talvez, prolongar a luta e a dúvida. Quando isto pensou, veio-lhe ao espírito uma ideia decisiva, a de confessar tudo à madrinha. Hesitou, porém, entre fazê-lo ela própria ou por boca de Luís Alves, cujas palavras, apontadas acima,^ trazia escritas na memória. Preferia este meio; mas não lhe bastava preferi-lo, era mister realizá-lo, e para isso só dous modos tinha, escrever-lhe ou falar-lhe. O segundo podia não ser tão pronto, e talvez falhasse ocasião apropriada; adotou o primeiro, e recuou logo. A carta seria mandada por um fâmulo, mas o espírito de Guiomar era a tal ponto sobre si que repeliu semelhante intervenção. A janela estava aberta; dali viu luz na sala de Luís Alves e a sombra do moço, que passeava de um lado para outro. Ocorreu-lhe então a ideia que pôs por obra, conforme ficou dito no capítulo anterior.

150

Tal é a história daquela palavra escrita rapidamente numa folha de papel. Apesar da declaração de Luís Alves e das circunstâncias em que a moça se achou, o leitor facilmente compreenderá que ela não a escreveu sem pelejar consigo mesma, sem vacilar muito entre a repugnância e a necessidade. Afinal foram vencidos os escrúpulos, que é tanta vez o seu destino deles, e força é dizer que não os vencem nunca de graça, porque eles falam, arrazoam, obstam o mais que podem, mas é vulgar passarem-lhes por cima. A moça entretanto, apenas lançara a carta, arrependeu-se; a dignidade teve remorsos; a consciência quase a acusava de uma ação vil. Era tarde; a carta chegara a seu destino.

Na manhã seguinte, a baronesa acordou mais alegre que de costume. Cuidara ver em Guiomar, na noite anterior, alguma cousa que só lhe pareceu enleio natural da situação. Guiomar erguera-se tarde; a manhã estava chuvosa e a madrinha não deu o seu passeio. A moça foi beijar-lhe a mão e a face, como costumava, e receber dela o ósculo materno. O rosto parecia cansado mas um véu de afetada alegria disfarçava-lhe a expressão natural, à semelhança das posturas de toucador, de maneira que a baronesa, pouco ledora de fisionomias, não discerniu naquela a verdade da impostura. Impostura, digo eu, devendo entender-se que é honesta e reta, porque a intenção da moça não era mais do que não amargurar a madrinha, e tirar-lhe motivo a qualquer aflição antecipada.

— Dormiu bem a minha rainha de Inglaterra? perguntou Mrs. Oswald, pondo-lhe familiarmente as mãos nos ombros.

— A sua rainha de Inglaterra não tem coroa, respondeu Guiomar com um sorriso contrafeito.

Pela volta do meio-dia, recebeu a baronesa uma carta de Luís Alves. Abriu-a e leu-a. O advogado pedia-lhe a mão de Guiomar. Poucas linhas, corteses, símplices, naturais, feitas por quem parecia senhor da situação.

— Mrs. Oswald, disse a baronesa à sua dama de companhia que se achava na mesma sala, leia isto.

A inglesa obedeceu.

— Isto não quer dizer nada, observou ela depois de alguns instantes. É um pretendente mais; devemos crer, porém, que são muitos, e que se os outros não lhe escrevem cartas destas, é porque são menos afoutos. A Sra. baronesa pensa que os olhos de sua afilhada são inocentes? continuou a inglesa sorrindo. Eu cuido que devem estar carregados de crimes, e que há mortos...

— Mas não vê, Mrs. Oswald, interrompeu a baronesa, que esse homem parece estar autorizado?

Mrs. Oswald calou-se como quem refletia. Logo depois expôs uma série de argumentos e considerações, se não graves em substância, pelo menos nas roupas com que ela os vestia, umas roupas seriamente britânicas, como as não talharia melhor a melhor tesoura da câmara dos comuns. Toda ela dava ares de um argumento vivo e sem réplica. Havia em seus cabelos, entre louro e branco, toda a rigidez de um silogismo; cada narina parecia uma ponta de um dilema. A conclusão de tudo é que nada estava perdido, e que a felicidade de Jorge era cousa não só possível, mas até provável, uma vez que a baronesa mostrasse, — era o essencial, — certa resolução de ânimo muito útil e até indispensável naquela ocasião. Mrs. Oswald oferecia-se para ir chamar a moça imediatamente.

— Pois vá, vá, disse a baronesa.

A inglesa saiu dali e foi ter com Guiomar. Quando a viu de longe compôs um sorriso, e Guiomar, vendo-a sorrir, sentiu como que um movimento interno de repulsa.

— Venho buscá-la, disse Mrs. Oswald, para uma cousa que a senhora está longe de imaginar.

Guiomar interrogou-a com os olhos.

— Para casar!

— Casar! exclamou Guiomar sem compreender a intenção da mensageira.

— Nada menos, respondeu esta. Admira-se, não? Também eu; e sua madrinha igualmente. Mas há quem tenha o mau gosto de apaixonar-se por seus belos olhos, e a afronta de a vir pedir, como se se pedissem as estrelas do céu...

Guiomar compreendeu de que se tratava. Olhou desdenhosamente para a inglesa, e disse em tom seco e breve:

— Mas, conclua, Mrs. Oswald.

— A senhora baronesa manda chamá-la.

Guiomar dispôs-se a ir ter com a madrinha; Mrs. Oswald fê-la parar um instante, e com a mais melíflua voz que possuía na escala da garganta, disse:

— Toda a felicidade desta casa está em suas mãos.

XVIII.
A escolha

Mrs. Oswald tinha falado demais. A baronesa não a incumbira de dizer à afilhada a razão por que a mandava chamar. Aconteceu, porém, que aquela indiscrição não foi a única. Mrs. Oswald, em vez de esquivar-se e deixar que entre Guiomar e a baronesa fosse tratado o assunto que as ia reunir, cedeu à curiosidade, e acompanhou a moça.

A baronesa estava sentada, entre duas janelas, com a carta aberta nas mãos, tão atenta em relê-la, que não ouviu o rumor dos pés de Guiomar e de Mrs. Oswald.

— Madrinha chamou-me? perguntou Guiomar parando em frente dela.

A baronesa ergueu a cabeça.

— Ah! É verdade; sim; chamei-te. Senta-te aqui.

Guiomar arrastou a cadeira que ficava mais próxima e sentou-se ao pé da baronesa. Esta, entretanto, havia dobrado lentamente a carta, e tinha os olhos no chão, como a procurar por onde começaria. Quando os levantou deu com a inglesa. Ia já a falar, mas estacou. A afeição que lhe tinha não impediu que achasse demasiada familiaridade a presença de Mrs. Oswald em semelhante ocasião. Esperou alguns instantes; mas como a inglesa parecesse inteiramente distraída:

— Mrs. Oswald, disse a baronesa, vá ver se já deram de comer aos passarinhos.

A inglesa percebeu que estes passarinhos, naquele caso, eram uma pura metáfora, e que a baronesa nada mais fazia do que pedir-lhe delicadamente que se fosse embora. Todavia, não se deu por achada.

— Parece-me que não, disse ela; vou já saber disso.

— Olhe, disse a baronesa quando ela já ia a meio caminho; encoste-me essas portas, e dê ordem para que ninguém nos interrompa.

A inglesa obedeceu e saiu. A careta que fez ao sair ninguém lha pôde ver, e não se perdeu nada.

As duas ficaram sós.

— Senta-te aqui, Guiomar, disse a baronesa indicando um banquinho que lhe ficava aos pés.

Guiomar deixou a cadeira e foi sentar-se no banquinho, pousando amorosamente os braços nos joelhos da madrinha. Esta cingiu-lhe a cabeça com as mãos, e assim esteve longo tempo sem falar, mas eloquente naquela mudez, em que a palavra pertencia ao coração. Ambas estavam comovidas; e Guiomar, de envolta com um suspiro, murmurou este único e doce nome:

— Mamãe!

Era a primeira vez que ela lhe dava este nome, e tão fundo lhe calou na alma à baronesa que a resposta foi cobri-la de beijos.

— Sim, tua mãe, disse a madrinha; a que te deu o ser não te amaria mais do que eu. Tens a alma e a ternura da filha que o céu me levou, e se todas as mães que perdem filhos pudessem substituí-los do mesmo modo, desaparecia do mundo a maior e mais cruel dor que há nele...

A resposta de Guiomar foi apertar-lhe as mãos e beijar-lhas. Seguiu-se uma pausa, em que a comoção a pouco e pouco desapareceu, e a baronesa olhou para a carta de Luís Alves, amarrotada pelo gesto de Guiomar.

— Guiomar, disse ela enfim, já refletiste no pedido de ontem à noite?

A moça esperava que a madrinha lhe falasse no pedido de Luís Alves; a pergunta da baronesa desnorteou-a um pouco. Sua inteligência, porém, era clara e sagaz; a resposta foi outra pergunta:

— Uma noite será bastante para decidir de todo o resto da vida? disse ela sorrindo.

— Tens razão, minha filha; mas a pergunta era natural da parte de quem quer ver realizado um desejo. Jorge pediu-te em casamento. Sabes que é um excelente caráter?

— Excelente, respondeu a moça.

— Uma boa alma, continuou a baronesa, e um moço distinto. Parece gostar muito de ti, segundo disse ontem, não? É natural; só me admira que não te amem muitos mais.

A baronesa parou; Guiomar brincava com as franjas da manga sem se atrever a levantar os olhos.

— Deves saber, continuou a baronesa, — que eu estimaria ver que este casamento se efetuasse; estou convencida de que te faria feliz, e a ele também, pelo menos tanto quanto é possível julgar das cousas presentes... Que diz o teu coração?

E como Guiomar não respondesse logo:

— Ah! esquecia-me do que me disseste há pouco. Uma noite não é bastante para decidir de todo o resto da vida. Bem; ouvir-me-ás mais duas cousas. A primeira é que... Lê tu mesma esta carta.

A baronesa deu a carta a Guiomar, que a abriu e leu o pedido que Luís Alves fazia de sua mão. Enquanto ela percorria com os olhos as poucas linhas escritas, a madrinha parecia observá-la fixamente, como a tentar ler-lhe no rosto a impressão que o pedido lhe fazia, se espanto, se satisfação. Não houve espanto nem satisfação aparente; Guiomar leu a carta e entregou-a à madrinha.

— Leste? É a primeira cousa que eu queria dizer-te. O Dr. Luís Alves pede-te em casamento; tens de escolher entre ele e Jorge. A segunda cousa é que dos dous pretendentes Jorge é o que meu coração prefere; mas não sou eu que me caso, és tu; escolhe com plena liberdade aquele que te falar ao coração.

Guiomar erigiu o busto e olhou direitamente para a madrinha, com tais sinais de espanto no rosto, que esta não pôde deixar de lhe perguntar:

— Que tens?

A moça não respondeu; quero dizer não lhe respondeu com os lábios; travou-lhe da mão e apertou-a entre as suas, e ficou a olhar para ela como a refletir. A expressão de seu rosto passara do espanto à satisfação e desta a uma cousa que parecia a um tempo indignação e asco.

— Oh! madrinha! exclamou Guiomar, por que se não entenderam logo os nossos corações? Não havia mister pôr de permeio um espírito importuno e desconsolador. Se eu adivinhara essas palavras que acabou de dizer, não teria padecido metade do que me fazem padecer há longos dias...

— Padecer?

— Padecer; nada menos. Mas deixemos isso. Foi o seu coração que falou e o meu que ouviu; posso agora dizer-lhe francamente o que sinto, sem receio de a afligir.

Não precisava dizer mais nada; a escolha que ela ia fazer estava já indicada pelo menos. Entendeu-o a baronesa, que fechou o rosto e suspirou. A afilhada ouviu-lhe o suspiro, e percebeu a tristeza súbita; arrependeu-se de ter ido tão longe.

— Percebo, respondeu a baronesa, queres dizer que dos dous pretendentes escolhes o Dr. Luís Alves?

A moça conservou-se calada; a madrinha olhava para ela com uma expressão de ansiedade que a afligiu.

— Fala, repetiu a baronesa.

— Escolho... o Sr. Jorge, suspirou Guiomar depois de alguns instantes.

A baronesa estremeceu.

— Falas sério? Não creio; não é esse o sentimento do teu coração. Vê-se que não é. Queres iludir-me e a ti também. Percebo que o não amas; não o amaste nunca. Mas amas ao outro, não é? Que tem isso? Não me dá o prazer que eu teria se... Que importa, se fores feliz? A tua felicidade está acima das minhas preferências. Era um sonho meu; desejava-o com todas as forças; faria o que pudesse para alcançá-lo; mas não se violenta o coração, — um coração, sobretudo, como o teu! Escolhes o outro? Pois casarás com ele.

Vê o leitor que a palavra esperada, a palavra que a moça sentia vir-lhe do coração aos lábios e querer rompê-los, não foi ela quem a proferiu, foi a madrinha; e se leu atento o que precede verá que era isso mesmo o que ela desejava. Mas por que o nome de Jorge lhe roçou os lábios? A moça não queria iludir a baronesa, mas traduzir-lhe infielmente a voz de seu coração, para que a madrinha conferisse, por si mesma, a tradução com o original. Havia nisto um pouco de meio indireto, de tática, de afetação, estou quase a dizer de hipocrisia, se não tomassem à má parte o vocábulo. Havia, mas isto mesmo lhes dirá que esta Guiomar, sem perder as excelências de seu coração, era do barro comum de que Deus fez a nossa pouco sincera humanidade; e lhes dirá também que, apesar de seus verdes anos, ela compreendia já que as aparências de um sacrifício valem mais, muita vez, do que o próprio sacrifício.

A baronesa acabara de falar. A alegria do rosto de Guiomar confirmou a sua primeira impressão, e se a escolha era contrária ao que ela desejava, a satisfação da afilhada pagou-lhe tudo quanto ela ia perder. Era assim aquela alma de mãe; boa, dedicada e generosa.

— Oh! madrinha! obrigada! exclamou a moça. Não me fica odiando?

— Oh! exclamou a baronesa com um tom de repreensão.

E puxou-a para si, e abraçou-a com amor. Guiomar correspondeu ao movimento, e as duas confundiram as suas alegrias íntimas e afeições sinceras.

Mrs. Oswald viu-as daí a pouco, risonhas e entendidas. Era fácil concluir qual dos dous pretendentes vencera; Guiomar não receberia de tão boa cara o sobrinho da baronesa. Tudo estava acabado; e talvez que a sua própria pessoa padecera naquele lance último. A baronesa pedira a Guiomar que lhe explicasse a que padecimentos aludira, mas a moça preferiu não dizer nada, não só por não afligir a madrinha, como por não dar um aspecto de rivalidade à situação entre ela e Mrs. Oswald.

A escolha estava feita, o consentimento dado. A baronesa respondeu nessa mesma tarde ao pretendente feliz. Estêvão teria manifestado ruidosamente toda a alegria que semelhante resposta lhe causara; sua alma apaixonada e exuberante contaria a Deus e aos homens aquela imensa fortuna; Luís Alves encerrou o prazer, aliás grande, dentro de si; pensou na moça e no futuro alguns instantes, mas não falou deles a ninguém.

A baronesa escreveu nesse mesmo dia ao sobrinho, comunicando-lhe a resposta de Guiomar. Os leitores não terão dificuldade de admitir que o coração de Jorge não sentiu o golpe profundamente, mas sentiu alguma cousa. Não foi nessa noite à casa da tia; não foi também na segunda; na terceira chegou a descer as escadas; na quarta embicou para Botafogo.

— Tudo está acabado, disse-lhe a tia verdadeiramente sentida.

— Acabado! suspirou Jorge.

— Agora, é preciso ânimo; espero que serás homem.

— Oh! serei homem! suspirou outra vez Jorge.

E dous suspiros, arrancados do peito de um homem tão grave, deviam ser por força dous suspiros gravíssimos, como facilmente acredita o leitor.

Efetivamente a fisionomia do moço não tinha abatimento nem aflição; não a amarrotava o menor vestígio de noite maldormida, menos ainda de lágrimas enxutas. Alegre não era, mas grave e austera, como ele a trazia sempre, a contrastar com o retesado do bigode.

A baronesa imaginou contudo que a dor do sobrinho devia tê-lo mortificado muito; apertou-lhe as mãos com ternura e disse-lhe ainda algumas palavras de animação.

Imagine-se o que seria o primeiro encontro de Jorge com Guiomar. A moça estava serena, talvez risonha e até compassiva. Se tivesse de casar com ele odiara-o decerto; agora já lhe perdoava o amor. Jorge pela sua parte não deixou de ficar um tanto abalado, em parte comoção, em parte constrangimento, sendo porém o constrangimento maior do que a comoção. Nos lábios pairou-lhe um desses sorrisos em que o olhar penetrante do povo ou a sua imaginação pinturesca descobriu a cor amarela. Se outro fosse o aspecto, é provável que ela lhe conservasse, ao menos, o respeito. Mas aquele sorriso perdeu-o de todo no ânimo de Guiomar.

Na primeira ocasião que se lhe ofereceu, expandiu-se Jorge com Mrs. Oswald.

— Perdeu-se tudo... murmurou ele.

A inglesa não respondeu.

Jorge continuou ainda a falar, e a inglesa a ouvir, mas a ouvir só, e a querer diverti-lo daquele assunto.

— Tudo se perdeu, disse enfim o sobrinho da baronesa, talvez por culpa sua.

— Minha? perguntou Mrs. Oswald.

— Sua.

— Mas...

Jorge hesitou um instante.

— Não mostrou calor suficiente, disse ele enfim.

— Que quer? disse Mrs. Oswald. O coração não se pode dominar, nem há meio de impor-lhe um sentimento. D. Guiomar é uma santa criatura, ama deveras ao seu rival; há nada mais justo do que casá-los?

— De maneira que...

— De maneira que tudo era lícito fazer na suposição de que ela não amava a outro, mas uma vez que ama...

Luís Alves, na noite do dia em que recebeu a carta, foi à casa da baronesa, que o recebeu com o melhor de seus sorrisos. A felicidade de Guiomar fazia-a completamente feliz; nem iras, nem ressentimentos, como anunciara Mrs. Oswald. Todo o castelo de cartas caíra por terra, desde que a sinceridade da baronesa interveio.

XIX.
Conclusão

Marcado o casamento para dous meses depois, todo o tempo de intervalo foi despendido pelos noivos naquele deleitoso viver, que já não é o colóquio furtivo do simples namoro, nem é ainda a intimidade conjugal, mas um estado intermédio e consentido, em que os corações podem entornar-se livremente um no outro. Aqueles não tinham nada do amor extático e romanesco de Estêvão, mas amavam sinceramente, ela ainda mais do que ele, e tão feliz um como outro.

A gente que os conhecia comentou de todos os modos e feitios aquele caso inesperado, e a mais de um roeu a inveja do favor com que o céu tratara a Luís Alves. A gentileza e a elegância da moça não encontravam objeção no espírito de ninguém; todos as confessavam e aplaudiam, porque até o silêncio mortificado de algumas belezas rivais, se porventura as havia, — era também aplauso e do melhor. Quanto ao caráter de Guiomar, divergiam muito as apreciações; e um dia, em que Luís Alves lhe contava uns trechos de conversa ouvidos a furto, e de que era objeto a noiva, ela pareceu refletir longo tempo, e enfim respondeu:

— Não admira que haja tanta opinião diferente; é natural, porque nunca vulgarizei o meu espírito. Entretanto, a opinião dos outros importa-me pouco; eu quisera saber a sua.

— A minha é que é um anjo.

Guiomar fez um gesto gracioso de enfado, como quem não esperava aquele cumprimento velho e comum,

162

aliás eternamente, novo, — porque não há outro mais pronto e mais belo nas nossas línguas cristãs. O noivo sorriu, mas nada lhe disse, e todavia podia dizer-lhe alguma cousa, — aquilo, pelo menos, que o leitor lhe ouviu num dos capítulos anteriores.

— Se não sabe o que sou, — continuou Guiomar, — eu mesma o direi, para que se não case comigo assim de emboscada, e não lhe aconteça unir-se a um demônio, supondo que é um anjo...

— Um demônio! exclamou Luís Alves rindo.

— Nem mais nem menos, retrucou ela rindo também. Saiba pois que sou muito senhora da minha vontade, mas pouco amiga de a exprimir; quero que me adivinhem e obedeçam; sou também um pouco altiva, às vezes caprichosa, e por cima de tudo isto tenho um coração exigente. Veja se é possível encontrar tanto defeito junto.

Luís Alves respondeu que eram tudo qualidades excelentes, e esteve quase a dizer que lhe faltava mencionar ainda outra, que era a fundamental de todas; preferiu aludir a ela depois do casamento.

O casamento efetuou-se, no dia marcado, com as solenidades do estilo. A manhã daquele dia trajava um manto de neblina cerrada, que o nosso inverno lhe pôs aos ombros, como para resguardá-la do rigor benigno da temperatura, manto que ela sacudiu dali a nada, a fim de se mostrar qual era, uma deliciosa e fresca manhã fluminense. Não tardou que o sol batesse de chapa nas águas tranquilas e azuis, e nessas colinas onde o verde natural ia alternado com a alvura das habitações humanas. Vento nenhum; apenas uma aragem, branda e fresca, que parecia o último respirar da noite já remota, e que só a trechos agitava as folhas do arvoredo.

A chácara naquele dia era a mesma que nos outros, mas Guiomar achou-lhe um aspecto novo e melhor, uma como expansão divina que animava as cousas em redor dela. Toda a alma feliz é panteísta; parece-lhe que Deus lhe sorri de dentro da flor que desabrocha, do fundo da água que serpeia murmurando, e até de envolta com o cipó humilde e rústico, ou no seixo bronco e desprezado do chão. Era assim a alma de Guiomar naquela manhã. Nunca as árvores, as flores, a grama rasteira lhe pareceram mais vicejantes; o sentimento interno hauria aquela vida exterior, do mesmo modo que o pulmão bebia o puro ar matinal.

De envolta com essas sensações comuns a toda a alma, havia ainda as que eram dela, — dela, que via ali o seu último sol de moça solteira e contemplava por antecipação a aurora nova, o dia longo e feliz de suas férvidas ambições. Neste ponto despia a sua fantasia as asas de folha agreste, com que andara a pairar no meio daquela vegetação, para envergar outras de seda e brocado, e voar sabe Deus a que sítios de grandeza humana.

O acaso quis que naquela manhã vestisse o mesmo roupão com que Estêvão a vira do outro lado da cerca, e trouxesse no colo e nos pulsos o mesmo broche e os mesmos botões de safira. Não tinha o livro; mas, em falta desta circunstância, havia outra, que era a mesma daquela célebre manhã, havia uns olhos que do outro lado da cerca a espreitavam namorados. Não eram, porém, os mesmos; eram os do noivo, com quem ela foi encontrar os seus; — e o mais doloroso de tudo é que nem a cerca, nem os demais acessórios, nada lhe lembrou

164

o outro homem que morria por ela. A felicidade é isto mesmo; raro lhe sobra memória para as dores alheias.

Não menos alegre do que ela parecia a baronesa naquele dia. De longe em longe surgia-lhe na memória a ideia do sobrinho, mas já não havia tristeza de não ter efetuado o casamento, como desejara; tão leve foi o golpe em Jorge e tão indiferente andava ele, que a boa senhora compreendeu que o amor, se existira, não era grande, e sobretudo não perdurou; a ideia de que isto mesmo podia acontecer-lhe ao cabo de seis semanas de casado, fê-la dar graças a Deus do nenhum êxito de seus planos.

Mrs. Oswald igualmente se mostrava feliz, — talvez ainda mais, porque era-o aparatosamente, como se quisesse resgatar as passadas culpas. Guiomar entendia a intenção latente das manifestações ruidosas com que ela andava a felicitá-la e bajulá-la; mas o dia não era de rancores nem de ressentimentos, e ela recebia sorrindo as cortesanices da inglesa.

O casamento fez-se, enfim. As lágrimas que a baronesa derramou, quando viu Guiomar ligada para sempre, foram as mais belas joias que lhe podia dar. Nenhuma mãe as verteu mais sinceras; e, seja dito em honra de Guiomar, nenhuma filha as recebeu mais dentro do coração.

Na noite do casamento, quem olhasse para o lado do mar, veria pouco distante dos grupos de curiosos, atraídos pela festa de uma casa grande e rica, um vulto de homem sentado sobre uma lájea que acaso topara ali. Quem está afeito a ler romances, e leu esta narrativa desde o começo, supõe logo que esse homem podia ser Estêvão. Era ele. Talvez o leitor, em lance idêntico, fosse refugiar-se em sítio tão remoto, que mal pudesse acompanhá-lo a lembrança do passado. A alma de Estêvão sentiu uma necessidade cruel e singular, o gosto de revolver o ferro na ferida, uma cousa a que chamaremos — voluptuosidade da dor, em falta de melhor denominação. E foi para ali, contemplar com os indiferentes e ociosos aquela casa onde reinava o gozo e a vida, e naquela hora que lhe afundava o passado e o futuro de que vivera. Não o retinha a constância do estoico; pela face emagrecida e pálida lhe corriam as lágrimas derradeiras, e o coração, colhendo as forças que lhe restavam, batia-lhe forte na arca do peito.

Defronte dele refulgia de todas as suas luzes a mansão afortunada; detrás batia a onda lenta e melancólica, e via-se o fundo da enseada, escuro e triste. Esta disposição do lugar servia ao plano que ele concebera, e era nada menos do que matar-se ali mesmo, quando já não pudesse sofrer a dor, espécie de vingança última que queria tomar dos que o faziam padecer tanto, complicando-lhes a felicidade com um remorso.

Mas este plano não podia realizar-se, pela razão de que era mais um devaneio, que se lhe dissipou como os outros. A frouxidão do ânimo negou-lhe essa última ambição. Os olhos podiam fitar a morte, como podiam encarar a fortuna; mas faltavam-lhe os meios de caminhar a ela. Esteve ali, pois, até o fim; e em vez de mergulhar na água e no nada, como delineara, regressou tristemente para casa, trôpego como um ébrio, deixando ali a sua mocidade toda, porque a que levava era uma cousa descolorida e seca, estéril e morta. Os anos passaram depois, e à medida que vinham, ia-se Estêvão afundando no mar vasto e escuro da multidão anônima.

O nome, que não passara da lembrança dos amigos, aí mesmo morreu, quando a fortuna o distanciou deles. Se ele ainda vegeta em algum recanto da capital, ou se acabou em alguma vila do interior, ignora-se.

O destino não devia mentir nem mentiu à ambição de Luís Alves. Guiomar acertara; era aquele o homem forte. Um mês depois de casados, como eles estivessem a conversar do que conversam os recém-casados, que é de si mesmos, e a relembrar a curta campanha do namoro, Guiomar confessou ao marido que naquela ocasião lhe conhecera todo o poder da sua vontade.

— Vi que você era homem resoluto, disse a moça a Luís Alves, que, assentado, a escutava.

— Resoluto e ambicioso, ampliou Luís Alves sorrindo; você deve ter percebido que sou uma e outra cousa.

— A ambição não é defeito.

— Pelo contrário, é virtude; eu sinto que a tenho, e que hei de fazê-la vingar. Não me fio só na mocidade e na força moral; fio-me também em você, que há de ser para mim uma força nova.

— Oh! sim! exclamou Guiomar.

E com um modo gracioso continuou:

— Mas que me dá você em paga? um lugar na câmara? uma pasta de ministro?

— O lustre do meu nome, respondeu ele.

Guiomar, que estava de pé defronte dele, com as mãos presas nas suas, deixou-se cair lentamente sobre os joelhos do marido, e as duas ambições trocaram o ósculo fraternal. Ajustavam-se ambas, como se aquela luva tivesse sido feita para aquela mão.

Notas sobre o texto

p. 29   A. Foi retirada a vírgula.

p. 43   A. Foi acrescentado o "a" antes de "casa".

p. 87   A. Manteve-se a grafia utilizada pelo autor, que emprega "concerto" e "concertar" tanto no sentido de "pôr em boa ordem", "arrumar", "endireitar" como no de "reparar", "restaurar", não fazendo a distinção, hoje corrente, mas difícil de determinar, entre "concerto" e "conserto".

p. 98   A. Foi inserida a vírgula.

p. 102   A. Foi retirada a vírgula.

p. 110   A. Na edição de 1907, "de que lhe havia dito".

p. 137   A. Na edição de 1907, "três e quatro minutos".

p. 149   A. Foi inserida a vírgula.

Sugestões de leitura

ARAUCARIUS (pseudônimo do cônego Fernandes Pinheiro). "A mão e a luva" [1875]. In: MACHADO, Ubiratan (Org.). *Machado de Assis: Roteiro da consagração (crítica em vida do autor)*. Rio de Janeiro: EduERJ, 2003, pp. 97-8.

BOSI, Alfredo. *Machado de Assis: O enigma do olhar*. 4. ed. rev. pelo autor. São Paulo: WMF Martins Fontes, 2007.

CRUZ, Dilson Ferreira da. *O éthos dos romances de Machado de Assis: Uma leitura semiótica*. São Paulo: Edusp; Nankin, 2009.

GUIMARÃES, Hélio de Seixas. "*Ressurreição* e *A mão e a luva*: O questionamento do leitor romântico". In: _____. *Os leitores de Machado de Assis: O romance machadiano e o público de literatura no século 19*. 2. ed. São Paulo: Edusp; Nankin, 2012, pp. 115-34.

MARTINS, Edson. "Afrodite nos trópicos: A reescrita da cultura clássica no romance *A mão e a luva*, de Machado de Assis". *Rónai: Revista de Estudos Clássicos e Tradutórios*, Juiz de Fora, v. 3, n. 2, pp. 37-62, 2015.

MARTINS, Heitor. "Relendo Machado de Assis: *Ressurreição* e *A mão e a luva*". In: _____. *Do Barroco a Guimarães Rosa*. Belo Horizonte: Itatiaia, 1983, pp. 127-32.

MELO E SOUZA, Ronaldes de. "A ironia do narrador em *A mão e a luva*". In: _____. *O romance tragicômico de Machado de Assis*. Rio de Janeiro: EduERJ, 2006, pp. 81-9.

PASSOS, José Luiz. *Romance com pessoas: A imaginação em Machado de Assis*. Rio de Janeiro: Objetiva, 2014.

PEREIRA, Lúcia Miguel. "Confissões". In: _____. *Machado de Assis (Estudo crítico e biográfico)* [1936]. 6. ed. Belo Horizonte: Itatiaia; São Paulo: Edusp, 1988, pp. 155-65.

_____. *Prosa de ficção (de 1870 a 1920)*. Rio de Janeiro: José Olympio, 1950.

SALVAIA, Priscila. "Sobre amor e 'fria eleição do espírito': Uma abordagem acerca da temática do casamento no romance--folhetim *A mão e a luva* (1874), de Machado de Assis, através das páginas da imprensa oitocentista". *Machado de Assis em Linha*, São Paulo, v. 13, n. 30, 2020. Disponível em: <doi.org/10.1590/1983-6821202013305>. Acesso em: 12 jul. 2021.

SCHWARZ, Roberto. "*A mão e a luva*". In: _____. *Ao vencedor as batatas: Forma literária e processo social nos inícios do romance brasileiro*. 6. ed. São Paulo: Duas Cidades; Ed. 34, 2012, pp. 95-117.

TEIXEIRA, Ivan. "*A mão e a luva*: A ambição em ritmo de folhetim". In: _____. *Apresentação de Machado de Assis*. São Paulo: Martins Fontes, 1987, pp. 33-8. (Coleção Universidade Hoje).

TRINDADE, Rodrigo. "Chávenas à brasileira: A governanta inglesa no romance *A mão e a luva*, de Machado de Assis". *Machado de Assis em Linha*, Rio de Janeiro, v. 6, n. 11, 2013. Disponível em: <doi.org/10.1590/S1983-68212013000100006>. Acesso em: 12 jul. 2021.

Índice de capítulos

A mão e a luva 21

Advertência de 1907 23

Advertência de 1874 25

I. O fim da carta 27

II. Um roupão 36

III. Ao pé da cerca 44

IV. *Latet anguis* 52

V. Meninice 59

VI. O *post-scriptum* 65

VII. Um rival 72

VIII. Golpe 78

IX. Conspiração 85

X. A revelação 93

XI. Luís Alves 105

XII. A viagem 112

XIII. Explicações 119

XIV. *Ex abrupto* 125

XV. Embargos de terceiro 132

XVI. A confissão 139

XVII. A carta 146

XVIII. A escolha 153

XIX. Conclusão 161

FUNDAÇÃO ITAÚ

PRESIDENTE DO
CONSELHO CURADOR
Alfredo Setubal

PRESIDENTE
Eduardo Saron

ITAÚ CULTURAL

SUPERINTENDENTE
Jader Rosa

NÚCLEO CURADORIAS E
PROGRAMAÇÃO ARTÍSTICA

GERÊNCIA
Galiana Brasil

COORDENAÇÃO
Andréia Schinasi

PRODUÇÃO-EXECUTIVA
Roberta Roque

AGRADECIMENTO
Claudiney Ferreira

TODAVIA

TRANSCRIÇÃO DE TEXTO
Karina Okamoto

COTEJO E REVISÃO TÉCNICA
Luciana Antonini Schoeps

LEITURA CRÍTICA
Djalma Espedito de Lima

CONSULTORIA
Paulo Dutra

ASSISTÊNCIA EDITORIAL
Gabrielly Alice da Silva
Karina Okamoto
Mario Santin Frugiuele

PREPARAÇÃO
Huendel Viana

REVISÃO
Erika Nogueira Vieira
Jane Pessoa

PRODUÇÃO EDITORIAL E GRÁFICA
Aline Valli

PROJETO GRÁFICO
Daniel Trench

COMPOSIÇÃO
Estúdio Arquivo
Hannah Uesugi

REPRODUÇÃO DA PÁGINA DE ROSTO
Nino Andrés

TRATAMENTO DE IMAGENS
Carlos Mesquita

© Todavia, 2023
© *organização e apresentação,*
Hélio de Seixas Guimarães, 2023

Todos os direitos desta edição
reservados à Todavia.

Este volume faz parte da coleção
Todos os livros de Machado de Assis.

Dados Internacionais de Catalogação
na Publicação (CIP)

Assis, Machado de (1839-1908)
  A mão e a luva / Machado de Assis ; organização
e apresentação Hélio de Seixas Guimarães. — 2. ed.
— São Paulo : Todavia, 2024. (Todos os livros de
Machado de Assis).

  Ano da primeira edição original: 1874
  ISBN 978-65-5692-664-3
  ISBN da coleção 978-65-5692-697-1

  1. Literatura brasileira. 2. Romance. 3. Ficção
brasileira. I. Assis, Machado de. II. Guimarães, Hélio
de Seixas. III. Título.

CDD B869.3

Índice para catálogo sistemático:
1. Literatura brasileira : Romance B869.3

Bruna Heller — Bibliotecária — CRB 10/2348

todavia

Rua Luís Anhaia, 44
05433.020 São Paulo SP
T. 55 11. 3094 0500
www.todavialivros.com.br

~ ~

As edições de base que deram origem aos 26 volumes da coleção Todos os livros de Machado de Assis oferecem um panorama tipográfico exuberante, como atestam as páginas de rosto incluídas no início de cada obra. Por meio delas, vemos as famílias tipográficas em voga nas oficinas de Paris e do Rio de Janeiro, no momento em que Machado de Assis publicava seus livros. Inspirado por esse conjunto de referências, o designer de tipos Marconi Lima desenvolveu a Machado Serifada, fonte utilizada na composição desta coleção. Impresso em papel Avena pela Forma Certa.